La goutte de cristal

Monica Hughes
Traduit de l'anglais par
Dominick Parenteau-Lebeuf

Les éditions Héritage inc.

Données de catalogage avant publication (Canada)

Hughes, Monica, 1925-

La goutte de cristal

(Collection Échos)

Traduction de: The Crystal Drop

Pour les jeunes de 12 à 14 ans.

ISBN 2-7625-8607-0

I. Parenteau-Lebeuf, Dominick. II. Titre. III. Titre: Crystal drop. Français.
IV. Collection.

PS8565.U34C7914 1997   jC813'.54   C95-941431-5
PS8565.U34C7914 1997
PZ23.H83Go 1997

Conception graphique : Flexidée
Illustration de la couverture : Luc Normandin
Infographie de la couverture : Michael MacEachern
Mise en page : Geneviève Ouellet

The Crystal Drop
Copyrighyt © 1992 Monica Hughes
Publié par HarperCollins Publishers Ltd
Version française
© Les éditions Héritage inc. 1997
Tous droits réservés

Dépôts légaux : 1er trimestre 1997
Bibliothèque nationale du Québec
Bibliothèque nationale du Canada

ISBN : 2-7625-8607-0
Imprimé au Canada

LES ÉDITIONS HÉRITAGE INC.
300, rue Arran, Saint-Lambert (Québec) J4R 1K5
Téléphone : (514) 875-0327
Télécopieur : (514) 672-5448
Courrier électronique : heritage@mlink.net

Cette traduction a été rendue possible grâce à une subvention du Conseil des Arts
du Canada.

Les éditions Héritage inc. remercient le Conseil des Arts du Canada du soutien
accordé à leur programme d'édition dans le cadre du programme des subventions
globales aux éditeurs.

Remerciements
de l'auteure

Merci à Judy Hayman, du ministère de la Culture de l'Alberta, de m'avoir fait connaître le précipice à bisons Head-Smashed-In, site du patrimoine mondial de l'UNESCO. Merci également au docteur Grace Funk pour l'histoire «des vides qui s'en retournent», à Anne Merriott de m'avoir permis de citer un passage de son poème *Le Vent, notre ennemi* et, finalement, merci à la Fondation Albertaine pour les Arts Littéraires de m'avoir accordé une bourse longue durée qui m'a soutenue pendant l'écriture de ce livre.

Remerciements
de la traductrice

Merci à David Hince pour son aide précieuse dans la traduction du poème d'Anne Merriott.

Ils disaient : «L'an prochain,
          il va mouiller, c'est sûr ! »
Quand tout fut sec, «Ben, l'année prochaine,
          d'abord ! »
Et puis, «La prochaine… »
Mais encore et toujours,
Ce ciel dur et métallique ne s'adoucissait
          que dans l'ironie,
Les orages sans cesse vaincus par un impitoyable
          soleil jaune.
Un dicton devint bientôt familier
(En observant les nuages inutiles se faufiler
          depuis le nord)
«Juste les vides qui s'en retournent ! »

Anne Merriott

«Le Vent, notre ennemi»
en anglais dans le recueil *The Circular Coast*, Mosaic Press

1

Tout s'était tu et un grand vide s'était installé dans la pièce. Un vide si grand que Megan n'eût jamais pu l'imaginer. Elle se leva brusquement, tira le repli du drap vers le haut et l'étendit avec soin sur l'oreiller afin qu'il cache les formes sans vie étendues sur le lit. Puis, comme il lui semblait irrespectueux de tourner le dos au silence, elle recula jusque dans la cuisine en refermant doucement la porte devant elle. Toutefois, elle ne parvint pas, comme elle l'aurait souhaité, à enfermer le silence dans la chambre. Il s'infiltra dans la cuisine, emplit la pièce et vint marteler ses tympans.

Elle prit conscience des battements sourds dans sa poitrine, du mouvement de sa respiration et des contractions de son cœur, qui poussait le sang jusqu'à ses poumons et partout dans son corps. Elle étendit ses mains devant elle, des mains à la peau foncée, aux paumes calleuses, aux ongles cassés et rongés. Quand elle les tenait, comme maintenant, à la lumière brillante du jour qui filtrait à travers la vitre, elle pouvait voir en filigrane la silhouette de ses os sous sa peau et sa chair.

La mort ! La plus grande des finalités. Pas de retour en arrière. Comme les bisons, il y a longtemps, pourfendant la prairie dans une course effrénée, arrivant au bord de l'escarpement sans pouvoir s'arrêter et tombant... tombant... tombant... Elle serra les poings et frissonna malgré l'air étouffant de la cuisine. Qu'allait-il leur arriver ? Qu'allait-elle faire ? Il n'y avait plus personne vers qui se tourner. Plus personne à qui demander de l'aide. Elle devait prendre les guides.

Ses yeux errèrent autour de la pièce familière à la recherche d'une réponse. Contre le mur sud se trouvaient la cuisinière et le frigo, inutilisés depuis que les lignes électriques avaient sauté quatre ans après la naissance de Ian. Depuis cet événement, maman avait cuisiné sur le petit poêle à bois du mur ouest. L'hiver, la chaleur des tuyaux, qui couraient à travers les deux chambres, diminuait la morsure du froid.

Sur le mur, au-dessus de la cuisinière, était accroché un calendrier représentant les chutes Lundbreck. Ce calendrier venait de la quincaillerie Mitchell de Lethbridge. Il datait de l'année 1998. Les bords du papier étaient jaunis et frisaient vers l'intérieur, mais cela n'empêchait pas le torrent d'eau de cascader encore et toujours sur le roc et de s'abattre dans la rivière au courant bouillonnant. Au-dessus des chutes, il y avait une île garnie de buissons verts. Dans son souvenir, le calendrier avait toujours été là. Les chutes Lundbreck, dans les contreforts des Rocheuses, plus loin que Pincher Creek et Cowley. L'endroit où oncle Greg était parti, disait maman.

Maman. Ses mains se serrèrent convulsivement et elle tourna les talons. Le soleil se refléta sur une boîte de conserve parmi les ordures qui traînaient sur la véranda et un rayon filtra à travers la goutte de cristal qui pendait à un fil de nylon devant la fenêtre sud-est de la cuisine. Le cristal tourna sur lui-même et un millier de petits arcs-en-ciel apparurent à sa suite, dansant paresseusement autour de la pièce. Soudain, une grosse mouche se réveilla et bourdonna bruyamment contre l'appui de la fenêtre sous la goutte de cristal. Le bruit fit sursauter Megan. Elle pensa aux implications qu'entraînait la chaleur toujours croissante. Elle pensa aux mouches...

Elle redressa les épaules et sortit sur la véranda en poussant la porte moustiquaire devant elle, la laissant se refermer dans un claquement sec qui brisa le silence. Elle sentit sa main se tendre vers la porte pour l'immobiliser et s'entendit dire « 'scuse-moi, m'man », comme elle l'avait fait un millier de fois auparavant.

Des larmes brouillèrent sa vue lorsqu'elle se pencha pour prendre une pelle dans le fouillis de chaises brisées, de vieux cageots et d'outils usés. La pelle était couverte de rouille et de toiles d'araignée. Megan la nettoya rapidement.

Une fois sortie de l'ombre de la véranda, elle fut terrassée par la chaleur. C'était comme la main d'un homme en colère sur son visage. Elle eut un mouvement de recul. Devant elle s'étendait le chemin qui la menait vers sa pénible tâche. Elle se redressa et fixa son regard sur la prairie, ses yeux mi-clos luttant contre la lumière éblouissante.

Vers l'est, la terre s'étendait jusqu'à l'horizon flou et n'était traversée que par une route droite comme une règle qui passait près de la ferme et s'étirait jusqu'à une lointaine autoroute. Au sud de leur propriété, il y avait déjà eu un lac à l'eau argentée. Était-ce une image de sa propre mémoire ou était-ce seulement tiré d'une des histoires du passé que maman racontait ? Alors qu'elle regardait dans le vide, appuyée sur la pelle, une image de ciel bleu se réfléchissant dans un pli de la terre émergea lentement de ses souvenirs.

Il n'y avait plus d'eau. Plus dans le lac. Et plus non plus dans le canal d'irrigation, à l'ouest de la ferme. Autour d'elle, les sauterelles bruissaient, bondissant contre ses jambes et re-bondissant sur le sol dur. Leur cliquetis sans fin emplit sa tête, l'empêchant de penser. Dans l'enclos grillagé, quatre poules grattaient le sol poussiéreux afin d'y trouver des graines et de la verdure. En vain. Leurs voix querelleuses se mêlèrent aux notes plus aiguës des sauterelles. C'était le bruit de la chaleur. De la chaleur et de la sécheresse.

Megan marcha lentement vers le nord, s'éloignant de la maison pour trouver une pièce de terre un peu moins lézardée et caillouteuse que le reste. Elle arriva au vieux potager de maman. Plus rien ne poussait là qu'un plan d'herbe à cochon. Elle l'arracha et le fourra dans la poche de sa jupe. « De la verdure pour les poulets et pour notre souper, avec ce que Ian et Charlie auront réussi à attraper », pensa-t-elle.

Elle enfonça la pelle dans la terre. Le choc ébranla ses bras maigres et secoua son torse. Elle plaça son pied sur le haut de la lame et y mit tout son poids, bougeant la pelle de long en large afin de trouver une quelconque prise. Elle réussit à enfoncer la lame de deux centimètres. Elle l'extirpa du sol et réessaya sur une surface qui lui sembla plus molle. Le soleil frappait dur contre le dos de sa chemise de coton. Ses mains calleuses la brûlaient et, dans ses minces chaussures de toile, le dessous de ses pieds la faisait terriblement souffrir à cause de la lame de la pelle.

En une heure, elle avait pelleté un volume d'un mètre cinquante de long sur un mètre de large, mais la cavité n'avait pas plus de trois centimètres de profondeur. Au-dessous de ces quelques centimètres, la terre était dure comme du roc. Elle regarda ce qu'elle venait d'accomplir et tomba sur ses genoux. Pour la première fois, des larmes brûlantes et salées descendirent le long de ses joues et s'écrasèrent sur le sol, formant des petits cercles foncés qui s'étendirent, pâlirent puis disparurent, aspirés par le soleil assoiffé.

— J'peux pas faire ça toute seule. J'peux pas!

Elle s'obligea à se relever en s'appuyant sur la pelle et jeta un coup d'œil autour d'elle. Ian et Charlie marchaient vers la maison. Deux petits points noirs sur fond de poussière jaune et de sauge argentée. Son visage se durcit sous le sel de ses larmes séchées. Elle frotta vigoureusement ses mains sur ses joues, plaça ensuite deux doigts dans sa bouche et siffla. Les deux points stoppèrent, changèrent de direction, s'approchèrent, disparurent l'espace de quelques instants dans un vallon et réapparurent soudainement au sommet d'une butte de sable.

— J'ai attrapé quatre gaufres gris, Megan!

Ian avait commencé à crier avant même d'être à portée de voix.

— Un pour chacun et un pour Charlie. Il m'a beaucoup aidé.

Il arriva, haletant, le chien sautant devant lui, et fixa son regard sur la pelle que tenait Megan et sur le trou qu'elle avait essayé de creuser.

— Qu'est-ce qui se passe ? Qu'est-ce que tu...

Il la regarda droit dans les yeux et, immédiatement, son visage pâlit, ses tâches de rousseur ressortant sur sa peau.

Megan posa une main maladroite sur l'épaule osseuse de son frère et l'attira à elle.

— Maman est morte, Ian. Et le bébé aussi.

Des mots secs mais nécessaires.

— Maman ? C'est impossible. Qu'est-ce qui s'est passé ? C'était juste un bébé qui devait naître, non ? Juste un petit bébé.

Ses poings frappèrent la poitrine de sa sœur.

— Je connais rien aux accouchements. J'ai appris un peu avec les animaux, mais ça fait longtemps. À cette époque-là, c'était plus facile. Ça n'a pas été comme ça avec maman. J'ai fait tout ce qu'elle m'a dit, mais...

Sa voix se brisa, mais se forçant à la maintenir ferme, elle poursuivit.

— ... ça n'a pas été du tout. Quand le petit est sorti, il était squelettique et sa peau virait au bleu. Il...

Elle s'arrêta et déglutit.

— Il ? Tu veux dire que j'ai eu un petit frère et qu'il est déjà mort ? Ah, merde !

Il se détacha des bras de Megan et donna des coups de pied dans la poussière.

— Ian Dougal, parle plus jamais comme ça ou j't'lave la bouche avec du savon !

— T'es pas ma mère.

Les mots étaient déjà dans l'air avant que leur sens ne devienne réel. Ses lèvres tremblèrent.

— Megan, qu'est-ce qu'on va faire ?

Des larmes creusèrent des rigoles dans la poussière de ses joues.

— Chut ! Ça va aller. Je vais m'occuper de toi.

Son bras enserra de nouveau les épaules de Ian et, l'espace d'un moment, ce dernier se laissa aller contre le corps de sa sœur. Puis ils se séparèrent.

— T'es pas ma mère. T'es juste ma sœur.

— C'est vrai. Et t'es mon frère. Et t'es tout

ce que j'ai et j'suis tout ce que t'as, alors on est mieux de rester ensemble, tu penses pas ?

— J'imagine que oui.

Sans enthousiasme, il racla la terre avec ses souliers.

— Faut qu'on enterre maman et le bébé avant qu'il fasse trop chaud. Le problème, c'est que j'essaie de creuser depuis des heures, mais il n'y a rien à faire.

Elle frappa la terre aride avec la pelle rouillée.

— Ça marchera pas, Megan.

— Essaie. Juste un petit peu. Mes mains me font mal.

Ian frappa le sol avec la pelle sans grande conviction.

— On passera jamais au travers, Megan. La seule façon, c'est d'amollir la terre.

— Comment ?

— Avec de l'eau.

— C'est l'idée la plus bête que j'aie jamais entendue, Ian Dougal ! On pompe de moins en moins d'eau du puits chaque jour. Pas question qu'on en gaspille pour creuser une tombe !

— T'es pas obligée de me crier après ! Viens, Charlie, on s'en va.

— Non. Reste. S'il te plaît. Excuse-moi.

C'est juste que... j'sais pas quoi faire !

Ian se retourna.

— Megan... Il y a le canal d'irrigation. Il est déjà à moitié rempli de sable. Penses-tu que ça ferait l'affaire pour... une tombe ? C'est facile à creuser.

***

Le soleil était presque couché quand ils achevèrent d'enterrer maman et le bébé dans le sable et de recouvrir la tombe de roches « au cas où il y aurait des coyotes ». Ian avait croisé ses bras sur sa poitrine osseuse et avait frissonné quand Megan avait prononcé ces mots. La jeune fille cloua deux morceaux d'une ancienne chaise de cuisine en croix et prit un bout de crayon dans la poche de sa jupe. Elle commença à tracer, lentement et en tremblant, des lettres majuscules :

ROSEMARY DOUGAL
NÉE LE 21 MARS 1973

— Comment tu le sais ?

— C'est écrit dans la Bible. J'me demande quelle date on est, aujourd'hui ?

— Autour de 2020 ?

— Non, idiot. Loin de là. Maman avait à peu près trente-huit ans. Soixante-treize et trente-huit, ça fait...

Elle compta sur ses doigts et recommença à écrire.

MORTE À L'ÉTÉ 2011

— Quel nom on donne au bébé, Ian ?

— Pourquoi on l'appellerait pas Charlie ?

— Tu peux pas donner un nom de chien à un bébé, idiot. Non, je vais lui donner le nom de papa. C'est ce que maman aurait fait, j'en suis sûre.

Elle traça les mots sur le bois avec le bout de crayon.

BÉBÉ DONALD
NÉ ET MORT À L'ÉTÉ 2011

Ils plantèrent la croix profondément dans le sable, consolidèrent la base avec des roches et se dirigèrent lentement vers la maison. Le ciel s'enflamma de rouge écarlate et de doré, mais ils le remarquèrent à peine. Ces jours-ci, les couchers de soleil ressemblaient systématiquement à celui-là. « Ce sont les effets de la poussière présente en permanence dans le ciel », avait dit maman.

Dans la maison, le grand vide les accueillit.

— Je pars le feu pendant que tu dépiautes tes gaufres gris.

Megan mit en pièces un vieux cageot de

bois, un des derniers. Que feraient-ils quand il n'y aurait plus de combustible ? Pour chasser de son esprit ces pensées noires, elle parla tout haut.

— Je vais faire cuire l'herbe à cochon et on fera rôtir les gaufres gris sur le feu. Deux chacun. Ils sont plus maigres qu'avant. Et plus durs aussi. Hé ! donne pas les meilleurs morceaux à Charlie. T'as besoin de manger beaucoup plus que lui.

— C'est moi qui les ai chassés, je fais ce que j'veux avec.

Megan soupira.

— J'te donne mon deuxième, mais c'est toi qui le manges, pas Charlie. Passe-les-moi. Le feu est assez chaud.

Pendant le souper, la maison s'assombrit. Ils n'avaient plus de lampe à huile ou de chandelles pour s'éclairer. La lueur mourante du poêle à bois noircit davantage les ombres tapies dans les coins de la pièce. Ian se déshabilla en vitesse et alla se coucher dans la petite chambre qu'ils partageaient. Charlie s'affala sur le plancher usé. Une minute plus tard, tous deux dormaient profondément.

Megan rôda dans la maison vide. Elle fit glisser ses doigts sur le papier glacé du calendrier en s'imaginant la fraîcheur de l'eau sur sa peau. Elle effleura le cristal suspendu à la fenêtre. Ensuite, elle sortit sur la véranda en prenant bien soin de ne pas laisser la porte moustiquaire claquer derrière elle.

Le ciel de l'est était noir et chargé d'étoiles. En dessous, la terre était vide et silencieuse. Megan se souvint que, plusieurs années auparavant, il y avait des fermes, là-bas. Les lumières de leurs cours ressemblaient à des étoiles tombées du ciel et celles de Fort Macleod, plus loin encore, évoquaient la voie lactée.

Elle fit le tour de la maison. Dans les derniers reflets pâlissants du coucher de soleil, elle distingua la ligne basse des collines du Porc-Épic. Derrière elles, plus loin vers l'ouest, devaient se trouver les Rocheuses et les chutes Lundbreck.

Les chutes. L'eau. L'eau cascadant à l'infini.

Elle monta les marches de la véranda et s'assit dans la vieille berçante, les pieds repliés sous elle. Elle essaya de ne pas penser à maman et au bébé qui gisaient dans le canal d'irrigation. Dans le lointain, un coyote hurla sa solitude vers le ciel. Megan frissonna et enveloppa sa maigre poitrine de ses bras.

En se berçant, elle s'efforça de se concentrer sur la situation. Ian et elle étaient seuls. Chaque jour, le peu d'eau qui coulait de la pompe devenait plus alcaline. Quand Ian avait chaud et en buvait trop, il était immanquablement pris de diarrhées. Les gaufres gris qu'ils avaient mangés pour souper étaient maigres et filandreux. Le carré d'herbe à cochon était l'un des derniers.

Papa reviendrait-il jamais à la maison ? Devraient-ils marcher vers l'est jusqu'à Lethbridge et essayer de le trouver ? Et s'il n'était pas là ? Et s'il était à Calgary ? Ou plus loin encore, à Edmonton, où les conditions de vie n'étaient, apparemment, pas si mauvaises, comme l'avaient dit les voisins avant qu'ils ne partent eux aussi ? Papa pouvait être n'importe où. Peut-être était-il mort ? Comme maman.

Le coyote gémit de nouveau et sa plainte fit écho au cri de douleur qui se logeait au creux de la poitrine de Megan. Elle se recroquevilla, laissa tomber sa tête sur ses genoux et les larmes qu'elle avait retenues depuis l'enterrement roulèrent sur ses joues. Elle ne pleura pas longtemps. Son corps était trop sec pour qu'elle puisse verser un torrent de larmes. Elle se tapit donc en silence dans la vieille berçante jusqu'à ce qu'elle s'endorme enfin.

Elle se réveilla, raide et pleine de crampes, le visage baigné par un lever de soleil rouge sang. Elle marcha vers les toilettes extérieures et, en chemin, regarda vers l'ouest, comme elle le faisait toujours, pour voir s'il y avait des nuages. Pas un seul. En revenant, elle remarqua que l'une des poules était morte. Ce n'était pas aussi tragique que ça l'aurait été un mois ou deux plus tôt. Les poules avaient cessé de pondre et n'étaient plus bonnes qu'à faire cuire au pot. Elle ramassa la volaille morte, la secoua pour la débarrasser des fourmis qui l'envahissaient déjà et s'assit sur la véranda pour la plumer.

C'était une tâche pénible lorsqu'il n'y avait pas d'eau bouillante pour détendre les plumes, mais elle ne pouvait pas gaspiller de l'eau à cet effet. De toute façon, il faisait trop chaud pour allumer le poêle. Alors qu'elle arrachait les plumes noires et grises, elle décida rapidement de ce qui devait être fait, si bien que quand Ian sortit de la maison, ses fins cheveux roux pâle dressés sur sa tête comme une crête de coq, elle lui fit part de sa décision.

— On part.

— Qu'est-ce que tu veux dire ? Où est-ce qu'on s'en va ?

— Vers l'ouest, dit Megan d'une voix confiante.

À l'est s'étendaient un millier de kilomètres de sécheresse et de sauterelles.

— On va aller vers l'ouest, vers les montagnes, et on va trouver oncle Greg.

« Et les chutes », se dit-elle en son for intérieur. Ian n'avait jamais compris la sensation que lui donnait ce torrent.

— Gregory, le frère de maman, vit près de Lundbreck. C'est pour ça qu'elle gardait le calendrier. Je vais passer au crible toutes ses affaires pour voir si je peux trouver les lettres qu'il lui écrivait quand la poste fonctionnait encore. J'suis sûre que maman les a gardées.

— Et si papa arrive à la maison et qu'on n'est pas là ?

Megan soupira.

— S'il avait voulu revenir, il serait déjà ici, avec nous. On s'est fait accroire qu'il reviendrait. Il est parti quand maman lui a annoncé pour le bébé. À ce moment-là, je pouvais déjà voir dans ses yeux qu'il ne reviendrait pas.

— Qu'est-ce que t'as vu dans ses yeux, génie ?

— De la peur.

Megan serra les lèvres, ravalant sa propre peur.

— Tu ressembles à maman quand tu fais ça, dit Ian d'une voix tremblante.

Megan voulut le prendre dans ses bras, lui

passer la main dans les cheveux et lui dire que tout irait bien et qu'elle prendrait soin de lui, mais elle n'y parvint pas. Elle avait juste assez de courage pour elle-même, rien d'autre à partager.

— Habille-toi, lui dit-elle avant d'entrer dans la maison en balançant la poule déplumée.

Elle jeta la volaille sur la planche à découper et ouvrit les armoires les unes après les autres. Elles contenaient de la vaisselle dépareillée et fêlée, des verres provenant d'une station-service qui n'existait plus, une boîte de métal dans laquelle il n'y avait plus que quatre tasses de farine et un pot de café maison fait de graines brûlées et de racines de pissenlit. C'était tout. Toutes les baies qu'ils avaient cueillies et fait sécher l'automne dernier avaient été mangées. Les boîtes de conserve qu'ils avaient achetées à Fort Macleod avant que le dernier magasin ne ferme n'étaient plus que des souvenirs rouillant dans la fosse à déchets derrière la maison.

— Il n'y a plus aucune raison de rester ici.

Elle essayait de se convaincre pour mieux convaincre Ian.

— Il n'y a presque plus d'eau. Si on reste, on meurt. Tu t'en rends bien compte, Ian ?

Dans les yeux de son frère, elle vit ce

qu'elle avait lu sept mois auparavant dans ceux de papa, lorsqu'il les avait quittés.

— Ça va aller, tu vas voir. J'ai un plan. Demain, on attrape tous les gaufres gris qu'on peut trouver. Après, on les dépiaute et on fait sécher la viande. On cueillera de la verdure en chemin et, une fois arrivés dans les montagnes, il y aura des baies. Il fait tellement chaud qu'on doit être proche de la saison des mûres, non ?

Plus elle parlait, plus la confiance la gagnait. En parler rendait la chose presque réelle, comme si tout était déjà joué.

— On va prendre chacun un manteau et toute la nourriture qu'on peut entasser, et rouler tout ça dans une couverture. On va emporter aussi tous les contenants d'eau qu'on peut trouver. J'pense qu'on peut marcher quinze, peut-être même vingt kilomètres par jour. Comme ça, on mettra seulement quelques jours pour se rendre jusqu'aux montagnes. Qu'est-ce que t'en penses ?

Ian la regarda et réfléchit quelques instants.

— Si ton idée est si bonne, pourquoi maman et papa ne sont pas partis avant ? Pourquoi on est encore ici ?

Megan hésita.

— Honnêtement, Ian, j'sais pas. Maman

voulait peut-être pas voyager avec le bébé qui arrivait...

— Mais pourquoi pas avant ? Pourquoi pas quand j'étais petit et que tous les autres s'en allaient ? Pourquoi on est tout seuls, ici ?

Sa tête lui fit mal, ses yeux se gonflèrent et devinrent brûlants.

— J'sais pas, répéta-t-elle, mais j'suis sûre que maman voudrait qu'on parte maintenant. On peut pas vivre de gaufres gris et de mauvaises herbes pour toujours.

— Et si papa...

— J'vais laisser une note pour lui en dessous du pot pourpre sur la table de la cuisine. J'vais lui dire qu'on se dirige vers Lundbreck. Quand on arrivera là, je laisserai un autre message quelque part, peut-être au bureau de poste s'il y en a encore un.

— L'écriture, les bureaux de poste et les autres villes, j'suis sûr que t'inventes tout ça à mesure. C'est juste des histoires.

— C'est pas des histoires, Ian, j'te jure. Tu te souviens pas, quand t'étais petit, avant que Fort Macleod ne ferme ? J'allais à l'école, je prenais un autobus de la couleur d'un jaune d'œuf. Il s'arrêtait au bout de l'allée, je courais vers lui avec ma boîte à lunch et tu me faisais des signes de loin. Tu te souviens pas ? J'ai appris à lire, à écrire, à compter et plein d'autres choses sur le monde. Jusqu'à ce que la ville soit fermée quand j'étais en deuxième année et que l'autobus ne passe plus.

Elle soupira.

— À partir de là, maman m'a enseigné jusqu'à ce qu'elle soit trop fatiguée. Mais j'ai lu tous ses livres. Des aventures et des histoires qui parlaient du monde.

Elle coupa le cou de la poule et, de façon experte, vida l'animal. Elle garda une tasse d'eau pour se laver les mains et rincer le poulet, et jeta les entrailles de la bête dans la cour pour Charlie, les fourmis et les corneilles qui passeraient par là.

— Va chercher des gaufres gris. Tous ceux que tu peux attraper.

— Mais j'ai faim.

— Quand tu reviendras, il y aura du ragoût de poulet et des boulettes de pâte. Et prends ton chapeau. Combien de fois maman te l'a dit ?...

Elle s'arrêta trop tard. Ian la regarda comme si elle venait de le frapper, ramassa son chapeau de coton et l'enfonça sur sa tête.

— Viens, Charlie.

— Excuse-moi. J'voulais pas...

La porte moustiquaire claqua.

Megan pompa de l'eau dans le chaudron et y jeta la poule, qu'elle saupoudra d'une cuillerée de gros sel. Elle cassa l'un des derniers cageots et alluma le poêle.

Une fois le poêle chaud et le repas en cours de cuisson, elle prit un panier et un déplantoir et sortit dans la chaleur bruyante des sauterelles. À un kilomètre au sud de la maison se trouvait un lopin de terre qui avait jadis été un marécage, tout près du vieux lac. La dernière fois qu'elle y était allée, quelques touffes de verdure poussaient encore çà et là. Aujourd'hui, il n'y en avait presque plus.

Elle cueillit des feuilles et arracha à la terre sèche autant de racines qu'elle put en extirper : reines des prés, plantain et pissenlits. Quand son panier fut rempli, elle retourna péniblement à la maison à travers la musique ininterrompue des sauterelles, qui bondissaient jusqu'à ses genoux. « On pourrait les manger, pensa-t-elle, si on y était forcés. Rôties. Pendant notre voyage. Et peut-être qu'on pourrait aussi attraper des spermophiles, cachés entre les roches. » Elle ajouta des allumettes et un chaudron à sa liste de choses à emporter.

Ian revint tard dans l'après-midi, si tard qu'elle eut le temps de s'inquiéter. La chasse aux gaufres gris avait été excellente, mais le visage du jeune garçon était livide et moite. Il ne se sentait pas bien. Elle le fit s'allonger avec un linge humide sur le front pendant qu'elle dépiautait les gaufres gris, qu'elle coupait la maigre chair en lanières et qu'elle grimpait à l'échelle afin d'étendre la viande sur le toit. Les bardeaux étaient assez chauds pour cuire du pain. Dans quelques heures, la viande serait dure et sèche comme les os... si les faucons ne la repéraient pas avant. Une main à l'indienne au-dessus des yeux, elle lorgna vers le ciel incandescent. Vide.

Elle redescendit l'échelle, étourdie par la chaleur, et atterrit dans l'ombre étouffante de la maison. Ian dormait, son visage en sueur marbré de blanc et de rose. «Je gage qu'il a enlevé son chapeau dès qu'il a été hors de ma vue», se dit-elle. Charlie leva la tête et battit de la queue une fois, mais ne bougea pas de son lieu de prédilection aux pieds de son maître.

Megan alla dans la chambre de sa mère, lissa le couvre-lit et s'allongea. Située dans l'angle nord-ouest, cette pièce était de loin la plus fraîche de la maison. Les brises qui arrivaient des montagnes passaient toujours par sa fenêtre. Toutefois, aujourd'hui, il n'y avait pas de zéphyr. Pas de nuages non plus. Parfois, ceux-ci s'amenaient de l'ouest, mais ils passaient sans laisser d'eau derrière eux, petits ballots blancs pleins de... promesses vaines.

Quand le soleil se montra dans le coin de la fenêtre, Megan se leva et passa au peigne fin les tiroirs de la commode.

— Excuse-moi, maman. J'veux pas fouiller dans tes affaires, j'veux juste savoir.

Au premier coup d'œil, il ne semblait y avoir rien d'important dans les tiroirs. Des sous-vêtements lavés et raccommodés. Deux chandails. La brosse et le peigne de maman. Une boîte en carton dans laquelle se trouvait une vieille montre que Megan secoua puis remonta, mais dont les aiguilles continuèrent de marquer obstinément quinze heures trente-sept. Elle la remit dans la boîte et, à côté, trouva une photo pâlie de papa. Sous cette photo, un petit paquet de lettres.

— Excuse-moi, maman, murmura-t-elle de nouveau en ouvrant les enveloppes les unes après les autres.

Les lettres étaient assez courtes et venaient toutes d'oncle Greg. La plus récente datait du 23 juin 2005. Six ans déjà. L'année où on avait fermé Fort Macleod et où l'autobus jaune avait cessé de passer. Où le téléphone et l'électricité avaient été coupés.

Elle parcourut les lettres des yeux et des bribes de phrases s'imprimèrent dans sa tête. « ... à l'ouest de Lundbreck, pas très loin des chutes. » « Nous appelons notre communauté Gaïa, qui est le nom grec pour Terre. Nous ne voulons pas seulement survivre, mais aussi aider Gaïa à guérir. » « Les choses iront de mal en pis, Rosemary. Si Donald et toi voulez emmener les enfants... » « Notre sixième année. Nous sommes maintenant trente. La moisson est bonne malgré le peu de précipitations. Je crois que nous allons réussir. » C'était la dernière lettre du paquet. Megan les replia toutes soigneusement, les replaça dans la boîte et referma le tiroir.

Elle sortit de la chambre et alla vérifier leur souper. L'arôme du poulet lui mit l'eau à la bouche après des jours et des jours de ragoût de gaufres gris. Elle ajouta les feuilles qu'elle avait cueillies, mélangea de la farine et de l'eau et fit des boulettes de pâte qu'elle disposa à la surface du ragoût.

— J'veux pas me lever. J'ai mal à la tête, grommela Ian quand elle le réveilla pour souper.

— Tu te sentiras mieux après avoir mangé. C'est la chaleur. Et le fait de n'avoir pas déjeuné.

Son teint s'améliora quand il eut englouti son ragoût de poulet et ses boulettes de pâte, et il offrit même d'emmener Charlie à la chasse aux gaufres gris.

Laissée à elle-même, Megan commença à pomper l'eau afin de remplir les bouteilles qu'elle prévoyait emporter avec eux. Ces bouteilles étaient en fait de vieux bidons de métal recouverts de tissu, fermés par des bouchons vissés et munis de courroies de transport. Papa les avait achetés plusieurs années auparavant dans un surplus d'armée. Ils sentaient un peu le moisi et elle gaspilla presque une tasse d'eau pour les rincer. Elle n'avait rempli que le premier contenant quand l'eau de la pompe commença à devenir boueuse. « Je vais la laisser reposer, pensa-t-elle, et je finirai demain matin. » Maman disait que l'une des raisons de leur attachement à cette ferme était la proximité de cette source d'eau douce intarissable. Intarissable. Jusqu'à maintenant.

Elle enleva les derniers morceaux de viande sur les os du poulet. Assez pour une soupe qu'ils mangeraient ce soir. Ce serait agréable d'aller se coucher l'estomac plein. Comme il y avait encore du feu dans le poêle, elle fit une pâte avec de l'eau et le reste de la farine et fit cuire des crêpes sur les ronds encore chauds. Dures et sèches, elles seraient de la bonne nourriture de voyage.

Le soleil se coucha derrière les collines du Porc-Épic et le long crépuscule commença. Ian et Charlie allaient revenir sous peu. Elle

grimpa sur le toit. De là, elle pouvait les voir
venir de très loin vers l'est. Elle leur fit un signe
de la main et une petite silhouette lui renvoya
son salut. Elle ramassa la viande séchée, l'em-
porta à l'intérieur et l'enveloppa dans un linge.

— Plus de gaufres gris, dit Ian en rentrant.
On en a attrapé trois, mais Charlie les a avalés
avant que j'aie pu l'en empêcher. Excuse-moi,
Megan.

— C'est pas grave ! Le pauvre Charlie n'a
pas pu manger de poulet, j'pense qu'il a droit à
ses gaufres gris. J'ai fait de la soupe. C'est pas
génial, ça ? Deux repas, aujourd'hui.

Ils léchèrent tout jusqu'à la dernière goutte,
sachant pertinemment que par cette chaleur
aucune nourriture ne pouvait être conservée
plus de quelques heures sans se gâter. Le repas à
peine terminé, Ian cognait déjà des clous.

— Allez. Au lit ! Demain, la journée sera
longue.

— On s'en va vraiment ?

— Oui, vraiment. Et très tôt. Avant le
lever du soleil. Pendant que c'est encore sup-
portable.

— Megan, j'ai peur. Et si...

— Partir est plus prudent que rester, j'te
jure. Lundbreck est seulement à soixante,
soixante-dix kilomètres d'ici. Trois ou quatre

jours de marche. Facile. Viens. Déshabille-toi et entre sous les couvertures.

— Qu'est-ce qu'il y aura, là-bas?

— Oncle Greg. Et peut-être d'autres gens qui vivent dans de grandes maisons où il y a l'eau courante. Et des magasins où on peut acheter du pain, du lait, des œufs et des légumes.

— Comment tu sais tout ça?

— Maman me l'a dit. Elle m'a raconté un tas d'histoires, l'hiver passé, quand papa est parti. Elle m'a dit qu'avant, chaque printemps, la neige fondait et se transformait en rivières, qui descendaient des montagnes et emplissaient d'eau douce les canaux d'irrigation. Les fermiers pompaient cette eau et arrosaient leurs terres. Imagine, de grands jets d'eau se promenant de long en large à travers les champs et transformant tout en verdure. Du vert aussi loin que les yeux pouvaient voir.

Les yeux du jeune garçon se fermèrent et elle lui caressa les cheveux. Ils étaient rêches, brûlés par le soleil et piquants sous sa main. En elle, une douleur inconnue s'éveilla. Elle se sentit faible, molle. Elle retira ses mains et se remit rapidement sur ses pieds. Elle ne devait pas se laisser aller à être tendre avec Ian, à être maternelle. Elle devait être forte pour deux, aussi dure que la terre.

De retour dans la cuisine, elle planifia et empaqueta. Au matin, elle emplirait l'autre bidon. Elle emporterait les trois dernières poules dans un panier et les utiliserait comme nourriture ou comme monnaie d'échange pour un abri d'une nuit ou pour de l'eau fraîche. Elle enveloppa les crêpes, la viande séchée et les racines dans un linge et serra bien le balluchon. Un chaudron et son couvercle. Un bon couteau. Des allumettes. Une chemise de rechange, des chaussettes et des culottes, c'était tout. Ian avait juste un jeans encore portable et qui était tapissé de pièces qui s'empilaient les unes sur les autres à certains endroits. Quant à elle, elle n'avait que la jupe qu'elle portait, celle que maman lui avait taillée dans une nappe de coton à carreaux. Elle se promit qu'à leur arrivée chez oncle Greg, ils auraient de nouveau des vêtements décents. Elle ajouta leurs deux manteaux au cas où il ferait froid dans les collines, une couverture chacun pour rouler leur matériel à l'intérieur et deux cordes pour attacher leurs ballots et les transporter. Avec les bidons d'eau et les poules, c'était probablement tout ce qu'ils pourraient se permettre d'emporter.

Avec anxiété, elle fixa les bagages à ses pieds. Avait-elle oublié quelque chose d'important ? Ian serait-il capable de porter son chargement ? Avait-elle pris une bonne décision ?

« Soit forte, se dit-elle. Soit dure. » Elle retourna dans la chambre de sa mère, s'étendit sur le lit et fixa les fissures du plafond jusqu'à ce qu'elle s'endorme.

2

Ils avaient parcouru un kilomètre vers l'ouest en suivant la route de terre et venaient juste de dépasser le canal d'irrigation où ils avaient enterré maman et le bébé, quand Megan s'arrêta net.

— Ian, où est ton chapeau ?

Il grommela des paroles inaudibles et Megan, fatiguée par une nuit de sommeil agité et dégoulinante de sueur sous le poids de son fardeau, perdit son calme. Elle l'empoigna par une épaule et le secoua jusqu'à ce que ses dents s'entrechoquent.

— Où est-il ?

— À la maison. Megan, tu me fais mal !

— Tu sais ce que maman a dit. Il y a un trou dans le ciel. La lumière mauvaise du soleil passe par là et donne le cancer. Comment peux-tu être aussi stupide ? J'te l'ai déjà dit.

— J'ai oublié.

Il se mit à pleurer et sa lèvre supérieure se couvrit de mucus brillant.

— Il va falloir que tu retournes le chercher.

— Non. J'suis trop fatigué. T'es une vraie sorcière, Megan. Et j'suis pas obligé de t'écouter. T'es pas ma...

Il s'arrêta, comme foudroyé, et regarda le pont qui franchissait le canal d'irrigation.

Megan se radoucit.

— Excuse-moi. Excuse-moi. J'oublie toujours que t'es juste un enfant.

Elle regarda autour d'elle. La terre était plate. Du sable et de la sauge à perte de vue. Le seul endroit à l'abri du soleil se trouvait sous le pont.

— Descends sur le bord du canal et glisse-toi sous le pont. Prends les poules avec toi, sinon elles vont mourir de chaleur, ici, dit-elle en lui donnant le panier. Je retourne à la maison chercher ton maudit chapeau.

Elle laissa tomber son chargement par terre et poussa un petit grognement. Un aller-retour! Deux kilomètres de perdus et le soleil dardait déjà ses rayons brûlants sur la terre. Elle marcha aussi vite que possible pour faire passer sa colère.

À la maison, la cuisine avait déjà l'air abandonnée, comme si elle savait qu'ils étaient partis pour de bon. Le petit mot pour papa était coincé sous le pot pourpre, au centre de la table. Ce pot n'avait jamais changé de place et avait depuis toujours servi à ranger les couteaux, les fourchettes et les cuillères. Elle trouva le chapeau de Ian sur le plancher de leur chambre et le ramassa avec impatience.

Comme elle traversait la cuisine, le calendrier au-dessus de la cuisinière attira son regard, l'eau cascadante à jamais figée.

— Bientôt, murmura-t-elle. On s'en vient.

La goutte de cristal tournait sur elle-même devant la fenêtre enflammée par le soleil levant. Comme le feu et l'eau. Comme de la magie. De la chance, peut-être. Impulsivement, elle détacha le cristal. Le fil de nylon était assez long et elle le passa à son cou. Le cristal était chaud sur sa peau.

Le chapeau de Ian à la main, elle sortit en laissant se refermer la porte moustiquaire derrière elle. Avec l'écho de ce claquement dans la tête, elle franchit la distance qui la séparait du canal. Dans le ciel du nord-ouest, il y avait de la fumée. Un feu de prairie venait dans leur direction.

Elle s'arrêta sur le pont et appela son frère.

— Ian !

Au début, il n'y eut pas un bruit, mais dès qu'elle tendit l'oreille, elle perçut un étrange son sourd qui s'amplifia. Il lui sembla qu'il venait de l'ouest, des collines du Porc-Épic. Un son irréel, comme une voix de fantôme, comme si les collines lui parlaient. L'avertissaient ? Elle frissonna.

— Ian ! cria-t-elle encore.

— Oui. Qu'est-ce qu'il y a ? dit-il en sortant de sous le pont et en grimpant tant bien que mal le bord du canal.

— As-tu entendu ?

— Quoi ?

— J'sais pas. Comme un bruit de revenant.

Elle frissonna de nouveau.

— Il y a un vieux hibou perché en dessous du pont, lui dit Ian.

Megan rit et la terreur l'abandonna sur-le-champ comme une vieille peau de serpent.

— Allez, viens, gros bêta. On y va.

Elle lui tendit son chapeau.

— Où on va, Megan ? J'veux le savoir. Le sais-tu ? As-tu une carte ?

— La carte est dans ma tête. L'autoroute principale est au sud. Dans cette direction-là. Elle longe la rivière jusque dans les montagnes Rocheuses, mais on ne la suivra pas. On va prendre les routes secondaires et les chemins de terre. Tu vas voir. Ça ira, acheva-t-elle avec confiance.

Cette confiance apparente calma les peurs de Ian, mais pas les siennes.

Ils se mirent en route en silence. Au début, Charlie courait devant eux et chassait des gaufres gris imaginaires, mais bientôt, à bout de souffle, il adopta le pas lent de son maître. À environ une heure de marche de la ferme, ils croisèrent un chemin de terre qui s'étirait vers le sud et s'y engagèrent.

Il n'y avait pas l'ombre d'une ombre. La route était délimitée par une clôture de barbelés dont les poteaux étaient si usés et si vermoulus qu'on avait l'impression que le fil de fer tenait les poteaux plutôt que le contraire. «Un bouvillon l'effleurerait qu'elle tomberait en morceaux», pensa Megan. Mais il n'y avait plus de bouvillons. Que du sable jaune, de la sauge argentée et un ciel implacablement bleu, coupé, sur leur droite, par la silhouette au sommet plat des collines du Porc-Épic et, devant eux, par la ligne basse des montagnes Rocheuses, rosée dans les brumes de la chaleur.

— Megan, j'suis crevé. Et je meurs de soif.

— Encore un petit effort, le supplia-t-elle.

«On en est seulement au premier jour, aux premières heures, et il veut déjà abandonner. Comment vais-je réussir à lui faire traverser les collines et à l'emmener jusqu'à Lundbreck?»

— Tu vois la vieille remise, là-bas? Lâche pas. On y est presque.

Le hangar n'avait pas de toit et à peine plus de deux murs, mais ils se blottirent dans son ombre jusqu'à ce que les pires heures de l'après-midi soient passées. Megan avait la gorge sèche et les lèvres gercées et fendues. Ian geignit et supplia sa sœur de lui laisser boire une gorgée d'eau, mais celle-ci réaffirma sa résolution de la rationner.

Elle jeta un œil dans le panier. Les trois poules étaient couchées, leur bec s'ouvrant et se fermant convulsivement. Elle mouilla une feuille de sauge et fit couler l'eau goutte à goutte dans leur gosier.

— T'as plus à cœur de faire boire ces maudites poules que moi, se plaignit Ian.

— Tu mourras pas de déshydratation dans la prochaine minute, répliqua-t-elle. Tant que les poules sont en vie, elles sont notre monnaie. Elles peuvent être échangées contre de l'eau ou contre un gîte pour la nuit. Sans elles, on n'a rien à offrir.

Soudain, un faucon apparut dans le ciel et son ombre courut dans leur direction. Les poules eurent un mouvement de recul à la vue de cette ombre menaçante et Megan s'empressa de couvrir le panier avec sa chemise de rechange. Ensuite, elle s'étendit sur la sauge et s'endormit.

Elle se réveilla en fin d'après-midi, chancelante et désorientée, Charlie lui haletant au visage. Elle se leva rapidement et s'éloigna de l'haleine fétide du chien. « On a perdu la moitié de la journée, pensa-t-elle avec anxiété. Il faut qu'on se rende jusqu'aux collines avant la tombée de la nuit. »

— Allez, Ian, réveille-toi.

Elle lui secoua le bras, se redressa et regarda vers l'ouest. Juste quelques heures de marche. C'est tout le temps qu'il leur faudrait pour se rendre jusqu'aux collines. Après, ils les contourneraient par le sud et reprendraient leur route vers l'ouest. Vers l'inconnu... avec rien de plus qu'un souvenir vague et l'image d'une cascade dans la tête. Combien de temps durerait leur voyage ? Elle ne savait pas. Trouveraient-ils de la nourriture et de l'eau ? Elle ne savait pas non plus.

« Suis-je folle ? Suis-je en train de nous conduire vers la mort ? Je préfère mourir dans les collines en essayant de nous en sortir que de crever à la ferme à rien faire. »

Au-dessus d'eux, le faucon tournoya dans un courant ascendant.

— Va-t'en d'ici, lui cria-t-elle. Va-t'en ! On n'est pas encore morts !

Ian la rejoignit et cligna des yeux, encore endormi.

— Pourquoi tu criais ? À qui tu parlais ?

— Pour rien. À personne. Allez, viens. On prend nos affaires et on s'en va. On a dormi trop longtemps. J'veux qu'on soit là avant le coucher du soleil, dit-elle en lui indiquant le pied des collines.

Ian grogna.

— On n'y arrivera jamais.

— Sûr qu'on va y arriver. Allez !

Megan ramassa son chargement et se mit en marche. Peu de temps après, ils trouvèrent un chemin de terre qui bifurquait vers la droite et qui filait vers l'ouest en direction des collines. Comme la route, il était clôturé et ses côtés étaient encombrés de squelettes de buissons d'amarante. Son cœur s'emballa à la vue d'un lambeau noir pris dans un barbelé. Était-ce une corneille morte ? Ou le cadavre d'un autre animal ? Finalement, cette chose s'avéra être un morceau de plastique noir, une relique de l'ancien temps. Elle avait déjà vu cette matière, volant dans tous les sens, se prenant dans les clôtures et dans les buissons, indestructible petit morceau du passé.

Le chemin de terre s'étendait droit comme une règle vers les collines. Approchant de celles-ci, Megan vit qu'il y en avait trois principales, chacune formée d'une série de couches de roc ressemblant à des escaliers. Sur leur gauche, les autres collines descendaient en pente douce vers le sud.

— Regarde, Megan, le chemin s'arrête.

Elle détacha son regard des douces éminences. Ian avait raison. Le chemin stoppait aux abords d'une ferme abandonnée dont il ne subsistait que quelques planches grises. Des touffes de sauge et de chiendent couvraient les ondulations de la terre qui s'étendait au pied des collines. À sa gauche, elle aperçut une étroite bande de verdure.

— Il y a un ruisseau, par là. Peut-être qu'il n'est pas encore à sec. Allons-y.

Marcher sur ce terrain inégal n'avait rien d'évident. Les racines de sauge tendaient leurs longs doigts pour attraper leurs pieds fatigués. Le chiendent plantait ses pousses barbelées dans leurs chevilles et, par terre, les sauterelles bondissaient et venaient leur chatouiller les genoux. Alors qu'ils approchaient des collines et de la végétation entourant le lit du ruisseau, des spermophiles passèrent à toute vitesse devant eux.

Charlie gémit sourdement et se lança à leur poursuite.

— Rappelle-le, Ian ! S'il part, on le rattrapera pas.

— Charlie ! Reviens ici. Charliiiiiie !

Le chien revint contre son gré et se résigna à se faire tirer les oreilles.

— J'ai un bout de corde, Ian. Peut-être que...

— Pas question d'attacher Charlie ! Charlie, tu vas m'écouter, hein, mon bon chien ? J'te jure qu'il va rester près de moi, Megan.

Elle les regarda et ébaucha un sourire : Ian, petit, décharné, couvert de taches de son, ses cheveux blond roux ébouriffés sous son chapeau ; Charlie, un bâtard aux rudes poils bruns, au gros museau et à l'étonnante queue fine et douce, profondément affectueux et aimant vous le faire savoir à grand renfort de coups de langue, et doté d'un incurable appétit pour les gaufres gris et les spermophiles.

Aucune source n'arrosait l'oasis verdoyante. Un suintement du sous-sol, provenant des rochers situés un peu plus haut, devait être suffisant pour garder les amélanchiers de Saskatoon en santé et chargés de fruits. Ils engloutirent toutes les baies mûres et Megan emplit la moitié du chaudron de saskatoons[1] encore verts.

— On les fera cuire avec notre viande de gaufres gris. Ou avec une des poules.

Ils étaient maintenant assez près du versant

---

1. N.D.T. Nom donné aux baies de l'amélanchier de Saskatoon, aussi appelées petites poires.

le plus bas pour apercevoir un vague sentier fait d'une série de courbes en épingle à cheveux. Une ancienne piste envahie par la sauge. « Elle nous conduira jusqu'au sommet, pensa Megan. C'est plat, là-haut. La marche sera plus aisée. »

— Où on va s'arrêter pour la nuit ?

— On dormira à la belle étoile. Tu vas adorer ça. Tu vas voir des étoiles partout autour de toi. Comme de la magie.

Quand ils arrivèrent au pied du sentier, ils cessèrent de parler. L'ascension de cette pente abrupte allait leur prendre tout leur souffle. Plus ils gagnaient en altitude, plus Charlie s'agitait et grognait sourdement. Soudain, les prenant tous deux par surprise, il bondit hors de la piste vers le sommet. En moins de temps qu'il ne faut pour le dire, il avait disparu de leur vue.

— Charlie ! Il est parti. Charlie ! Où es-tu ? Charlie, viens ici !

— Chien stupide !

— Il m'a répondu. T'as pas entendu ?

— J'ai rien entendu. C'était juste un écho. Juste ta propre voix, Ian.

— C'était pas un écho. Et j'ai vu quelque chose bouger. Là-haut. Au sommet.

Il pointa une zone du doigt.

— Où ? Mais non, c'est pas Charlie. Ça fait la moitié de sa taille et c'est plus potelé. Et regarde cette queue. Non, c'est... une marmotte.

Ils étaient arrivés à un endroit où la piste cessait de monter, obliquait vers la gauche et courait en parallèle avec le sommet du promontoire. Au-dessus d'eux, il y avait près d'une vingtaine de mètres d'escarpement. Obstinément, Ian en entama l'ascension.

— Tu peux pas grimper comme ça. Tu vas tomber et te tuer.

— Je m'en fous. J'veux retrouver Charlie. Il est tout ce que j'ai, maintenant.

Cette réplique blessa Megan comme un couteau qu'on aurait planté dans son estomac. Elle cligna des yeux et déglutit.

— Tu m'as, moi, Ian. C'est pas assez ?

— T'es juste ma sœur. J'ai besoin de Charlie. C'est mon ami.

Elle le tira et le ramena sur le sol, et il la frappa de ses petits poings en pleurant.

— Arrête, Ian ! Tais-toi et écoute-moi ! dit-elle en le secouant. Regarde, là. Plus loin sur la piste. Vois-tu l'endroit où l'escarpement est à moitié effondré ? Il y a une pente. On peut grimper à partir de là.

— C'est vrai ? Tu vas m'aider ?

— Certain que je vais t'aider. Si t'arrêtes de faire des bêtises. Allez, viens.

À toute vitesse, ils gravirent la piste envahie de sauge et escaladèrent les éboulis jusqu'au sommet, qui ressemblait à un immense dessus de table. L'espace d'un instant, Megan fut éblouie par la splendeur du panorama qui s'offrait à ses yeux et en oublia même Charlie, Ian et ses lourdes responsabilités. Elle regarda derrière elle et, comme sur une carte grandeur nature, elle put voir le chemin qu'ils avaient parcouru. Au nord-est se trouvait la balafre sombre de ce qui avait été le lac de Boue. Au nord, hors de vue, derrière le lointain coteau, devait se trouver leur ferme. Devant elle, à l'est, la terre s'étendait jusqu'aux brumes de l'horizon, sa couleur gris sable coupée en un seul endroit par une petite bande verte qui serpentait du nord-est au sud-ouest et qui disparaissait derrière la courbe des collines. La vallée de la rivière du Vieil Homme, pâle fantôme de ce qu'elle avait déjà été.

— Charlie, où es-tu ? Charliiiiiiiie !

Elle pivota si vite qu'elle en perdit presque l'équilibre, mais elle eut juste le temps de voir Ian se lancer dans une course effrénée le long du sommet de l'escarpement, sa couverture roulée abandonnée sur le sol caillouteux.

— Attends-moi, Ian !

Elle cacha les deux couvertures et le panier de poules sous un buisson, et courut le rattraper.

Megan arriva devant une balustrade de métal au vernis blanc écaillé. Ce garde-fou clôturait une aire circulaire qui surplombait la partie la plus abrupte de l'escarpement et qui menait, par un sentier asphalté, à...

— Une maison ? Ça se peut pas !

Elle plongea sous la balustrade et se retrouva dans le sentier de bitume qui ondulait le long du sommet du promontoire. Une brise, trop légère pour rafraîchir son visage en sueur, vint remuer l'air étouffant. Elle appela Charlie sans conviction et suivit le sentier. Où était passé Ian ?

Le chemin étroit s'arrêtait à l'extérieur du bâtiment le plus bizarre qu'elle ait jamais vu. En partie enfoncé dans le sol, il était fait de blocs de grès semblable à celui des collines sur lesquelles il était construit. Sur son toit plat poussaient par-ci par-là de la sauge et du chiendent et, sur sa droite, accroché au flanc de la colline, se trouvait un moulin fait d'un étrange métal argenté dont les ailes étaient plantées dans une sorte de tambour au sommet de son mât.

Megan était seule. Outre le cliquetis des sauterelles et le sifflement du moulin, il n'y avait pas un bruit.

— Ian ! Ian, où es-tu ?

Elle se tint raide, figée, le cœur aussi pesant qu'une pierre. Charlie avait disparu. Et maintenant, c'était au tour de Ian...

— Megan, viens ici !

L'air regagna ses poumons dans un souffle de délivrance et elle courut en criant furieusement dans le vide.

— Où es-tu ? Sors de ta cachette, espèce d'idiot, ou j'te scalpe !

— Ici. À l'intérieur.

De grandes portes vitrées. Megan les poussa et elles s'ouvrirent brusquement pour la laisser passer.

— Ian, sors de là. Tu sais pas...

— Regarde, Megan, des escaliers. Ils descendent sans fin, on dirait.

Ian entama la descente et elle dut le suivre.

« Descendons-nous dans le ventre de la colline ? » se demanda-t-elle. Et elle pensa que non, qu'ils en suivaient plutôt le flanc. Une maison dans l'éminence principale ! Même si

l'idée de cette mystérieuse construction la faisait frissonner de curiosité, elle demeura sur ses
gardes. «Fais attention. Sois prudente.»

Ian disparut au bas d'une deuxième volée
de marches et Megan le suivit, traversant une
pièce d'aspect bizarre, faiblement éclairée par la
lumière du jour filtrant à travers les lucarnes du
plafond. Un autre escalier recouvert de moquette menait à une pièce encore plus étrange
que la première. En son centre se trouvait une
structure faite de grands poteaux attachés ensemble par leurs sommets, tel un tipi géant, et à
l'intérieur était regroupée une collection
d'énormes roches, chacune d'elles trop lourde
pour qu'une personne puisse la soulever.
Pourquoi transporterait-on des roches de cette
taille dans une maison? Megan se posa la question. Dans un coin retiré, un vrai petit tipi,
comme ceux dont elle se souvenait du temps
où elle était petite, était monté.

Avec autant d'empressement que Ian, elle
descendit la volée de marches suivante, remar-
quant au passage que chaque pièce se présentait
sous la forme d'un grand balcon surplombant
l'étage inférieur, chacun d'entre eux éclairé par
le jour filtrant du plafond de l'étage précédent.
À l'étage suivant, trois ombres volumineuses se
tenaient au bord de la terrasse, là où le
plancher s'arrêtait. Au-delà de ces formes som-

bres, il n'y avait plus qu'un gouffre, un puits empli à ras bord de noirceur.

— Ian, arrête ! lui cria-t-elle alors qu'il courait devant elle avec insouciance.

Apeurée par l'immensité du noir et l'immobilité des ombres, elle poursuivit sa descente à contrecœur. Soudain, alors qu'elle se rapprochait de son frère, plusieurs silhouettes sombres se jetèrent sur elle. Megan sentit qu'on lui tordait le bras derrière le dos. Un bandeau lui couvrit les yeux.

— Interdit de voir, murmura une voix étrange au creux de son oreille.

Elle fut poussée en avant et dut avancer, tant bien que mal, dans un passage en pente et descendre un autre escalier. Des mains dures pesèrent sur ses épaules, la forçant à s'agenouiller.

3

Megan tomba à genoux. Elle sentit, sur ses paumes, la rugosité graisseuse de la vieille moquette et son odeur de poussière. Son bandeau lui fut soudainement arraché. Elle cligna des yeux. Une colonne de lumière éclairait l'espace sombre en tombant sur la paroi de l'escarpement qui lui faisait face. Elle leva les yeux vers le sommet de la paroi rocheuse et aperçut trois énormes bêtes à l'échine courbée et au corps velu. Elles allaient tomber, ou sauter, et atterrir sur elle !

Elle plaça ses bras au-dessus de sa tête pour se protéger et tomba à la renverse. Des rires moqueurs fusèrent et résonnèrent dans la vaste salle. Par delà les rires fous, elle perçut les gémissements de Ian.

À l'idée que son frère puisse être en danger, Megan passa en un clin d'œil du cauchemar à la réalité.

— Ne le touchez pas ! hurla-t-elle.

Elle scruta la noirceur et réalisa que l'immense espace n'était qu'une autre pièce du curieux bâtiment et que l'escarpement était en plastique. Au-dessus d'elle, les lueurs du coucher de soleil rougeoyèrent à travers les lucarnes poussiéreuses et éclairèrent les...

— Des animaux empaillés ! s'exclama-t-elle.

Une main invisible la gifla.

— Surveille ta langue, femme. L'esprit du bison est dans ces corps.

— Ouais. L'esprit est fort, plus fort que toi. Fais attention, fit une autre voix en réponse à la première.

— Ici, c'est le monde de Napi. Le bison est un cadeau de Napi à son peuple. Tu fais quoi dans le monde de Napi, femme blanche ?

Déformées par l'écho, les voix fusaient de toute part.

Megan tenta de se retourner pour identifier ses bourreaux, mais dès qu'elle remua, deux mains solides agrippèrent ses épaules et lui intimèrent l'ordre de demeurer au sol. Elle voulut se dégager, mais un pied se posa entre ses omoplates et la poussa jusqu'à ce que son nez et ses lèvres soient écrasés contre le plancher crasseux.

— Qu'est-ce que vous allez faire ? Qu'est-ce que vous voulez ? demanda-t-elle d'une voix étouffée et tremblante.

La pression du pied contre son dos augmenta.

— On t'a posé la question en premier. Réponds ! Tu fais quoi dans le monde de Napi ?

— Rien. Excusez-nous. On voulait pas... on faisait juste chercher Charlie.

— Charlie ? Un homme ? Ou un garçon ?

La voix était dure, méfiante.

— Ni... ni l'un ni l'autre. Charlie est le chien de mon frère. Il est parti en courant vers le sommet de la colline. Fallait qu'on vienne le chercher. On a pensé qu'il était peut-être ici. Où on est, exactement ?

— Comme je te l'ai dit, dans le monde de Napi.

— Qui est Napi ? Es-tu Napi ? Ou est-ce l'un de vous ?

L'immobilité gagna les silhouettes invisibles et l'espace environnant, comme si toute la pièce avait réagi à ces mots. Son cœur battit la chamade et elle se demanda si elle n'avait pas dit quelque chose de mal. Soudain, le lourd silence fut rompu par des rires, pas les rires moqueurs qui, plus tôt, lui avaient glacé les os, mais des rires francs qui roulèrent dans l'espace au-delà de la lumière et de l'ombre. Elle sentit le pied libérer son dos et elle fut relevée rudement.

— Ça va, Ian ?

Elle regarda autour d'elle, hébétée par le

contraste entre la pièce sombre et la lumière descendant des lucarnes.

— Megan !

Il courut vers elle, enfouit sa tête contre ses côtes et serra ses bras autour de sa taille. Elle l'enlaça et sentit le cœur du jeune garçon battre à tout rompre dans sa poitrine. Le besoin de le protéger la fit se sentir forte et égale à quiconque.

— Que je vous prenne à faire peur à mon petit frère, bande de...

Elle lança un regard furieux à ses bourreaux, quatre jeunes hommes à peine plus vieux qu'elle. Ils étaient vêtus de jeans et de chemises amples. Trois d'entre eux avaient attaché leurs longs cheveux noirs en queue de cheval, alors que le quatrième les portait sur ses épaules et retenus par un bandeau de perles. Ils étaient maigres et avaient des pommettes hautes et saillantes. Des éclairs de malice passaient dans leurs yeux noirs. Quand ils s'avancèrent sous la lumière des lucarnes, les ombres sur leur visage s'estompèrent et leur peau s'éclaircit en un beau brun ensoleillé.

— Vous êtes des autochtones, non ?

— Nous sommes des hommes de Peigan. Du peuple de Napi.

Quel mot étrange ! Napi.

Megan fixa les étrangers et le souvenir d'un visage émergea de sa mémoire. Des visiteurs, un dimanche après-midi, sur la véranda. Parmi eux, un homme au visage brun ensoleillé que maman lui avait présenté.

— Salut. Moi, c'est Megan Dougal et lui, c'est mon frère Ian. On a... enfin, on avait une ferme de volailles sur la route, au nord du lac de Boue.

Les quatre jeunes hommes se regardèrent en se poussant du coude. Leurs dents blanches brillaient dans leur visage sombre. Ils rirent nerveusement et, soudainement, ces êtres plutôt inquiétants se transformèrent en adolescents fébriles.

Le garçon au bandeau de perles rompit le silence.

— Je suis Mike Faucon des Prairies. Lui, c'est Dick Bison des Plaines. Là, Wally Lapin Rapide. Et lui, c'est Tim Cavalier à l'Œil Vif.

— Salut! répéta Megan.

Ian relâcha son étreinte et jeta un coup d'œil timide en direction des inconnus.

— Excusez-le. Il n'est pas habitué... Pendant longtemps, il n'a vu personne d'autre que maman et moi.

— Elle est ici?

La question avait été posée avec une

certaine désinvolture, mais Megan ressentit de nouveau cette immobilité tendue, comme si sa réponse pouvait influencer ce qui se passerait ensuite.

— Elle est morte.

Elle avait parlé sèchement, le menton relevé, ses yeux dans ceux presque noirs du chef de la bande. Des yeux qui ne laissaient rien transparaître.

— Elle est morte en donnant naissance à notre petit frère. Mort, lui aussi. C'est pour ça qu'on est partis de la ferme.

— Où vous allez ?

— Vers l'ouest. Aux chutes Lundbreck. Tu connais ? C'est à environ soixante-dix kilomètres d'ici.

— Kilomètres ? Paroles d'hommes blancs ! Combien de jours de marche ?

— Ça m'étonnerait qu'on le sache avant d'arriver là, ironisa-t-elle.

Elle tenta de lui faire détourner le regard, mais comme le jeune Amérindien esquissait un sourire, elle se laissa aller et le lui rendit. Du coup, elle constata que Dick, Wally et Tim s'étaient détendus. Elle enfouit ses mains dans les poches de sa jupe pour qu'ils ne la voient pas trembler.

— Vous vivez ici ? Dans cet endroit ?

Ian se détacha d'elle, courut jusqu'à l'escarpement et regarda, au-dessus de lui, les bisons empaillés.

— C'est bizarre. Vraiment bizarre, dit-il.

— Tais-toi, lui souffla Megan.

Mais tout allait bien. Mike souriait.

— Comme je te l'ai dit. On est du peuple de Napi. Ici, c'est le monde de Napi.

— Mais qui est Napi ?

Les quatre jeunes hommes se regardèrent.

— Vieil Homme.

— Sorcier.

— Qui a tout fait.

— Nous a donné le bison.

Megan saisit ce qui lui sembla avoir le plus de sens à travers cette confusion.

— Mais il n'y a plus de bisons. Il n'y en a plus depuis des années et des années.

— Vrai.

Mike ne souriait plus. Il lui saisit le poignet et la tira à travers la pièce. À gauche de la paroi artificielle, il y avait un mur et, sur ce mur, une plaque.

— Tu sais lire ?

— Sûr que j'peux lire. J'suis allée à l'école deux ans. Et puis après, maman m'a appris plein de choses. Et on avait des livres...

— Lis ça.

Il planta son pouce sur la plaque. Trébuchant sur les longs mots, Megan lut :

— « Il y a cent vingt ans, le précipice à bisons Head-Smashed-In[2] était utilisé pour la dernière fois »... Ça fait pas si longtemps.

— Ils ont écrit ces mots quand ils ont construit la bâtisse. En 1981.

— Ça fait maintenant... cent cinquante ans.

— Continue.

— « Il y a cinq cents ans, Colomb découvrait l'Amérique. Il y a neuf cents ans, des marins scandinaves débarquaient sur les côtes de Terre-Neuve. Il y a deux mille ans, le Christ naissait. Il y a quatre mille cinq cents ans, Stonehenge était érigé. » C'est quoi, Stonehenge ? s'interrompit-elle.

— Sais pas. Continue. La suite est importante.

— « Il y a cinq mille ans, les Égyptiens construisaient la Grande Pyramide. Et il y a cinq mille cinq cents ans, on rapportait la première utilisation connue du précipice à bisons Head-Smashed-In. »

— Assez. Elle a bien lu, Wally ?

―――――――――

2. Site du patrimoine mondial de l'UNESCO, Fort Macleod, Alberta.

Wally acquiesça en silence.

— Wally sait lire, poursuivit Mike. Mais les histoires sont ici, dit-il, la main sur sa poitrine. Ça fait de moi le chef. Vrai, Wally?

— Vrai, Mike.

— Vrai, vous autres?

Dick et Tim acquiescèrent.

— J'comprends pas, dit Megan en fixant la plaque.

— Il y a cinq mille cinq cents ans, Napi a fait cadeau du bison à son peuple. Puis, plus rien. Plus de bisons. Comme tu dis.

— À cause de la sécheresse? Nos poulets...

— Plutôt l'inondation que la sécheresse.

Le visage de Mike était sombre.

— Montre-lui, Mike, dit Dick Bison des Plaines.

— Et au petit, ajouta Tim Cavalier à l'Œil Vif en poussant Ian en avant.

— Tu leur montres, Mike? demanda Wally Lapin Rapide.

— Pas maintenant. Fait trop sombre.

— Je connais les mots par cœur, Mike.

Wally, celui qui lisait, voulait lui en mettre plein la vue; Megan le sentait.

— Aujourd'hui, elle a vu. Demain, elle apprendra. On lui racontera Napi, les bisons et son peuple, conclut Mike.

— C'est très intéressant, mais on doit vraiment y aller. Lundbreck, c'est pas la porte à côté.

— C'est stupide de voyager la nuit. Tu peux te prendre le pied dans un trou. Tu peux pas aller loin avec une cheville cassée. Tu peux pas trouver d'eau. T'as besoin d'eau pour voyager.

— Mais...

Megan se sentait de plus en plus mal à l'aise. Une sensation indescriptible. Le sentiment que ces quatre-là formaient une sorte de... bande avec des projets, qui n'avaient rien à voir avec son désir de se rendre à Lundbreck.

— Il y a de la bonne viande pour souper. Vous êtes invités à la partager avec nous.

— Bien...

— Ouais, une journée chanceuse, hein, les gars ?

— Je pense que vous nous apportez la chance.

Ils se lançaient les mots comme ils se seraient lancé un ballon. Ce qui se passait entre eux dépassait la compréhension de Megan.

— Merci. Un repas et un endroit pour dormir nous feraient plaisir, ajouta-t-elle prudemment.

« Je ne leur parlerai pas des poules, pensa-t-elle. Pas avant le matin. Ils les prendraient probablement toutes les trois. Je ne leur fais pas confiance. »

Quand Ian se pointa avec son « Nous, on a... », elle sut ce qu'il allait dire et elle lui pinça la main pour le faire taire, en espérant que les garçons ne la voient pas.

« J'espère que les poules sont en sécurité dans leur panier, s'inquiéta-t-elle en silence. Si un coyote les repère à l'odeur, il se fichera bien du panier. »

Il faisait maintenant pratiquement noir dans l'étrange pièce. Seule une pâle lumière grise filtrait par les lucarnes du niveau supérieur.

Sur un signe de Mike, Dick et Wally montèrent un escalier et disparurent dans l'ombre.

Megan regarda autour d'elle et aperçut, sur sa gauche, une autre source de lumière. « Une autre sortie », pensa-t-elle lorsqu'elle vit des blocs de verre et une grosse porte battante. Ian tira la manche de sa chemise d'un petit coup sec et lui murmura quelque chose d'urgent à l'oreille. Elle se dirigea rapidement dans cette direction et posa sa main sur la poignée. Tim la rattrapa.

— Où tu vas, jeune fille ?

— Aux toilettes extérieures. C'est une sortie, non ? Ian et moi, on doit y aller.

Tim rit.

— Hé ! Mike. Elle veut aller aux toilettes extérieures.

— Pas de toilettes extérieures, ici. On est des gens chic. On a des toilettes intérieures.

Megan se retourna et vit qu'ils n'auraient pas pu sortir même si Tim ne les avait pas rattrapés. Une grosse barre avait été glissée dans les poignées.

— On n'aime pas les visites-surprises, la renseigna Tim.

Il lui tendit une chandelle plantée dans une vieille boîte de conserve rouillée et ouvrit une autre porte. Les murs de cette pièce étaient en carreaux pâles recouverts d'une fine couche de poussière. Megan y fit glisser son doigt et constata à quel point elles avaient dû briller par le passé. La petite pièce empestait, mais son odeur nauséabonde n'égalait pas en puanteur celle des toilettes extérieures de la ferme, qui n'avait pas été recreusée depuis l'été précédant le départ de papa.

— On jette un seau d'eau dedans une fois par jour pour la garder propre. Et tu peux te laver.

Il ouvrit le robinet. De l'eau en jaillit.

De l'eau! De l'eau claire coulait du robinet! Elle la goûta. Fraîche et douce. Elle approcha son visage du robinet et but à grandes gorgées.

Quand Ian et elle eurent terminé, elle questionna Mike à propos de l'eau.

— Il y a une bonne source en dessous. Le moulin la pompe. T'as vu le moulin? Il y a d'autres pièces avec des toilettes et des robinets, mais elles sont bloquées. Celles-là sont les seules qui marchent.

Megan se demanda ce que les quatre jeunes feraient quand ces dernières toilettes ne fonctionneraient plus. « Ils creuseront un trou à l'extérieur comme tout le monde », se dit-elle. Elle tint le bougeoir de fortune à une bonne hauteur et vit des panneaux de plastique pâle au plafond. Derrière eux avaient dû se trouver des lumières électriques, comme celles qu'ils avaient à la ferme avant que les lignes de haute tension ne sautent à Fort Macleod.

— Le repas sera bientôt prêt, dit Mike. Venez.

Ils montèrent un large escalier et longèrent ensuite une passerelle, semblable à une longue véranda, qui surplombait l'étage inférieur et l'entourait sur trois côtés. Éclairé par la faible lueur d'une lampe à huile, Wally sortit d'une autre pièce. Son ombre tressautait dans leur direction. Soudain, la lumière de la lampe capta quelque chose de blanc. Quelque chose d'horrible. Megan tressaillit et eut un mouvement de recul. Des crânes empilés !

— Des bisons. Des bisons morts.

Mike la fixait. Il souriait, mais ses yeux ne laissaient toujours rien transparaître.

— On va manger.

Il les conduisit dans une pièce chaude et humide qui sentait la viande grillée, la sauce et les herbes, et où étaient disposées, çà et là, des tables et des chaises de métal blanc, les seuls meubles que Megan ait vus dans cette curieuse bâtisse.

Contre le mur du fond, il y avait une cuisinière électrique, trois fois plus grosse que celle de la maison, qui n'avait pas servi depuis la deuxième année d'école de Megan. Celle-ci semblait faire son boulot.

— Vous avez l'électricité ? demanda-t-elle.

Le fait qu'ils aient l'électricité lui semblait plus incroyable que toutes les bizarreries qu'elle avait vues aujourd'hui. Sans doute était-ce parce qu'elle connaissait et comprenait ce phénomène. Une cuisinière électrique ne fonctionnait que si elle était alimentée par des fils traversés par du courant. Mais d'où celui-ci provenait-il ?

— Le dieu du Soleil.

Mike avait prononcé ces mots d'une voix grave et quand Dick ricana, il le gifla.

— T'étais pas obligé de faire ça, Mike.

Dick frotta sa joue puis se tourna vers Megan.

— Quand t'es arrivée, as-tu vu des espèces d'assiettes sur le toit ? Elles absorbent la chaleur du soleil dans des accumulateurs et quand on a besoin de la cuisinière, on pousse un bouton et le courant arrive.

— Le dieu du Soleil, répliqua obstinément Mike. Tu te souviens de ça, Dick.

— O.K., O.K. Mais oublie pas que c'est moi qui ai arrangé les petits fils pour la faire fonctionner !

L'espace d'un instant, Megan craignit qu'ils ne se battent, mais Wally sauva la situation en apportant un gros poêlon de fer tout juste sorti du four.

Ils trempèrent les lanières de viande dans la sauce et mangèrent avec leurs doigts. Personne ne parlait. Megan mangea jusqu'à satiété.

De l'autre côté de la table, Ian dodelinait de la tête. Elle poussa son assiette sur le côté avant que les cheveux du jeune garçon ne trempent dans la sauce.

— La journée a été longue.

Les mots sortirent naturellement de sa bouche. Les mots que maman utilisait quand elle voulait que les gens s'activent.

— On dort dans une grande pièce avec de la moquette et des sièges rembourrés. C'est sombre et confortable.

— Ian et moi, on dort ensemble.

Elle défia le regard insolent de Mike jusqu'à ce qu'il détourne les yeux. Il haussa les épaules.

— Vous dormez dans le tipi, si vous voulez.

Elle revit en pensée le tipi, deux étages au-dessus, et acquiesça.

— Viens, Ian.

Elle l'aida à monter les escaliers. Il faisait presque nuit. Seul le clair de lune filtrait à travers les lucarnes. Elle tenta de faire abstraction de la présence menaçante des trois énormes bisons. « Des animaux empaillés », se répétat-elle. Toutefois, dans la lumière de la lune, ils avaient l'air vrais, comme si le Sorcier, Napi, leur avait donné une vie spirituelle propre. Elle ravala sa peur, détourna le regard et, un bras autour des épaules de Ian, monta jusqu'à l'étage où se trouvaient les grosses pierres et le tipi.

Dans cette immense pièce, la présence enveloppante de l'abri de peau était réconfortante. Ian se recroquevilla sur le sol et s'endormit instantanément. Megan s'étendit à ses côtés, un bras autour de ses épaules. Il lui sembla que le plancher oscillait sous elle.

« Je suis épuisée. Quelle journée ! Ai-je bien fait ? se demanda-t-elle encore et encore. Maman, qu'aurais-je dû faire ? » Elle palpa le cristal sur sa gorge.

Ses oreilles vibraient du hululement du hibou, du cliquetis des sauterelles, des couinements des spermophiles et des cris du faucon. Elle entendit des murmures tout près. Fantômes des lieux ou mauvais tour de Mike et de ses amis ?

Juste avant qu'elle ne s'endorme, sa mémoire lui refit entendre les aboiements qu'elle avait entendus avant d'entamer l'ascension de l'escarpement. « Charlie ! Je l'avais oublié. Où peut-il bien être ? Je ne peux rien faire pour l'instant, mais demain matin, je me mettrai à sa recherche », se dit-elle avant de sombrer dans le sommeil.

***

Elle se réveilla tôt. Elle ouvrit les yeux et fixa le carré de lumière qui brillait sur le plancher à l'extérieur du tipi. Où était-elle ? Des images des deux derniers jours lui revinrent en tête. Maman et le bébé. Le sang. L'immobilité. Le trou dans le canal d'irrigation. Pendant un moment, elle crut ne pas pouvoir le supporter. Elle devait sortir. Courir à perdre haleine et laisser le vent emporter les mauvais souvenirs.

Elle rampa hors du tipi et monta jusqu'au dernier étage. La lumière était de plus en plus vive et, lorsqu'elle atteignit le dernier étage, celui-ci était baigné du rouge du petit matin.

Comme les autres issues, les portes par lesquelles ils étaient entrés si facilement la veille étaient maintenant verrouillées et barrées, une tige de fer enfoncée dans les poignées. Personne ne pouvait entrer, ni par le bas, ni par le haut. « Pourquoi ont-ils laissé les portes ouvertes, hier ? se demanda-t-elle. Et qui, dans cette région inhabitée, veulent-ils empêcher d'entrer ? »

Elle s'appuya contre les vitres. Le soleil venait de se lever et elle put voir, à l'extrême gauche, la ligne sombre du lac de Boue entre l'herbe clairsemée et la traînée rose de l'horizon. Une autre journée cuisante.

Elle prit soudain conscience d'un faible cliquetis, étrangement régulier par rapport au chœur inégal des sauterelles. Elle réalisa que c'était le bruit produit par les ailes du moulin qui tournaient dans le vent puissant et pompaient l'eau fraîche des profondeurs de la terre. Combien de temps la source durerait-elle ? Tout le reste était sec ou alcalin. « La personne qui a construit ce bâtiment a dû creuser un puits très profond », pensa Megan. L'argent ne semblait pas avoir été un problème puisque la maison était aussi grande qu'un palais. Toutefois, malgré sa profondeur, cette source se tarirait probablement un jour, comme tout ce qui existait autour, dans le même processus d'inversion qui avait transformé de la bonne terre arable en sable, des lacs en marécages et des marécages en rigoles desséchées.

Elle redescendit lentement en regardant les photos sur les murs. Entre autres, il y avait celle d'un cheval, qui lui rappela Sally, la vieille jument qui avait emporté papa l'hiver dernier; celle d'un gros animal empanaché appelé orignal; celle d'une antilope d'Amérique; et comme un refrain répété à l'infini, des dizaines et des dizaines d'images de bisons.

— « Napi est le créateur mythique du peuple des Pieds-Noirs », lut-elle.

Pourquoi Mike ne lui avait-il pas tout simplement dit ça au lieu de lui raconter ces histoires à propos du Sorcier et du Vieil Homme ? Elle erra dans la salle. À chaque objet était attachée une explication écrite, mais comme elle ne comprenait pas la plupart des longs mots, elle abandonna et retourna en bas. Dans le tipi, Ian dormait encore, nullement troublé par les soucis qui accablaient l'esprit de sa sœur. Un peu plus loin, sur le plancher, Megan remarqua de grands galets disposés en cercle.

Elle s'assit sur la grosse pierre du centre et se sentit curieusement apaisée et réconfortée. Par qui ce curieux édifice avait-il été construit, et dans quel but ?

— Napi est le créateur mythique du peuple des Pieds-Noirs, répéta-t-elle à voix haute.

« Comme un dieu, pensa-t-elle. De toute façon, ce serait logique. Cette bâtisse ressemble davantage à une église qu'à une maison. Napi et les bisons. Et les Peigans. Ils font partie des Pieds-Noirs, non ? Ils ont une réserve au sud de la rivière du Vieil Homme. »

Des voix montèrent de l'étage inférieur. Elle se leva et se pencha par-dessus le garde-fou. Les quatre garçons arrivaient de leur lieu de repos. Ils bâillaient, se grattaient et, vus sous cet angle, ils étaient moins effrayants que la veille. Ils parlaient entre eux, mais l'écho déformait leurs voix et Megan ne comprenait pas ce qu'ils racontaient. Ils levèrent les yeux dans sa direction. Mike donna un coup de coude à Tim. Tous se turent. Dick et Wally s'en furent à la cuisine. Mike fixa Megan. La lumière tombait sur le visage du garçon et mettait en valeur ses pommettes hautes et son nez saillant.

Sa tête semblait avoir été taillée dans une belle pièce de bois lisse et foncé.

— Tu restes là. Je te montre le monde de Napi avant de manger.

— J'ai déjà fait le tour, lui dit-elle après qu'il l'eut rejointe.

— T'as vu quoi ?

— Ce dont le monde avait l'air avant que la pluie cesse de tomber. Les herbes. Les photos d'animaux. Les animaux empaillés. Une marmotte, comme celle qu'on a vue et qui a fait détaler Charlie.

— Charlie ?

— Le chien de Ian. J'te l'ai dit, tu te souviens ? Il s'est enfui. Il est probablement loin, maintenant. Pauvre Ian, soupira-t-elle. Son cœur va être en miettes.

— Parti. Comme les bisons. Et les cerfs.

Sa voix se faisait accusatrice, comme si tout était de sa faute à elle.

— Avant, il y avait des histoires écrites sur ces pierres, dit-il en pointant le cercle où, plus tôt, elle s'était assise.

— Sur ces pierres ?

— Une sorte de magie faite par la lumière, nous a dit Tim. Il le sait : son oncle a déjà travaillé ici.

— Travaillé ici?

— Ouais, il montrait le précipice à bisons aux visiteurs. Il leur parlait de l'ancien temps. Comme un musée. Des milliers de Blancs venaient de partout dans le monde. Une fois, je lui ai demandé si les hommes blancs regrettaient pour les bisons et le peuple.

— Regretter? Pourquoi? C'est arrivé comme la sécheresse et le trou dans le ciel, non?

Mike secoua vigoureusement la tête.

— Le monde de Napi n'était pas comme ça. Il y avait des bonnes, des mauvaises années, c'est sûr. Des feux de prairie. Mais l'herbe brûlée repoussait toujours et il y avait encore plus de bisons et de cerfs. Encore plus de viande et de peaux. Et assez de baies et de racines pour nourrir le peuple. Rien de ce que Napi nous donnait n'était gaspillé. Viens. Je te montre.

Il la conduisit à l'étage inférieur et lui montra des boîtes contenant des bols, des couteaux à découper, des instruments de grattage et des images illustrant les différentes utilités du bison. Et il décrivit une chasse.

— Les hommes rassemblaient les bisons des collines du Porc-Épic. L'homme de tête portait une peau de bisonneau et criait comme lui pour que le troupeau le suive. Les autres hommes plantaient des bâtons et mettaient des broussailles sur les côtés du chemin, pour qu'il devienne de plus en plus étroit et que les bisons soient de plus en plus serrés ensemble. Regarde.

Il lui montra une carte à relief sous verre qu'il épousseta d'abord avec sa manche.

— Des centaines de bisons arrivaient de partout. Les hommes mettaient des jours et des jours pour les amener jusque-là, doucement, comme Napi l'aurait fait, sans panique. Les bêtes avançaient entre les lignes de broussailles et ne pouvaient plus s'arrêter...

Mike la tint par le bras et la poussa en avant jusqu'à ce qu'elle soit au bord de l'escarpement et de sa chute abrupte qui se terminait deux étages plus bas. Elle essaya de relâcher la tension dans ses muscles pour ne pas qu'il sente la peur qui raidissait son corps. « Est-il fou ? » se demanda-t-elle.

— Combien d'années notre peuple a chassé les bisons au-dessus de ce précipice ? Te souviens-tu ?

Il lui donna une petite poussée.

— Pl...plus de cinq mille cinq cents ans.

— Et après ?

— Ils sont partis, non ? Comme la pluie, comme la neige en hiver, comme les nouvelles pousses d'herbe au printemps. Ils sont partis, comme ça. Hier soir, Wally a dit qu'il y avait eu comme une inondation, mais c'est pas possible, hein ? Une inondation dans les prairies !

Mike la tira en arrière et la mena, par l'escalier, à l'étage au bas du précipice.

— Voilà l'inondation !

Les murs étaient couverts d'agrandissements d'anciennes photos montrant des hommes blancs barbus, des trains, des hommes armés tirant d'un train en marche sur un troupeau de bisons courant à la débandade. Dans le coin le plus éloigné se trouvaient les témoins silencieux et accusateurs qu'elle avait vus la nuit précédente : les crânes des bisons.

— Mais ça s'est passé il y a longtemps. Plus de cent ans.

— Le bison a été le début de tout. Après, le reste a suivi. Ils ont labouré la terre pour faire pousser le blé jusqu'à ce que plus rien ne la retienne quand le vent souffle. Ils ont drainé les bons marécages pour avoir plus de terre, changé le cours des rivières, construit des barrages et inventé des produits chimiques qui empoisonnent l'air, la terre et l'eau, qui empoisonnent le monde de Napi. Ouais, l'homme blanc a chassé Napi de son monde. Maintenant, regarde dehors ce qu'il reste. Rien.

Elle se planta devant lui. Une fois, papa s'était retrouvé face à un taureau en colère avec seulement une baguette à la main. Il avait frappé le taureau sur le mufle et l'avait fait reculer.

— Et toi, qu'est-ce que tu fais pour changer la situation ?

L'espace d'une minute, son attaque le prit par surprise. Puis il ricana.

— Moi ? Je refais le monde de Napi. Je fume et je brûle de la glycérie pour le faire revenir. Comme dans l'ancien temps. Je me tiens loin de la rivière du Vieil Homme qui est comme un filet d'eau maintenant, loin de la terre qui vole au vent et loin des autres à la réserve. Moi et mes amis, on reste ici, loin de tout ça.

Megan souhaita vivement que Napi ne soit pas le genre de dieu exigeant des sacrifices humains. Elle n'avait rien vu jusqu'ici qui lui permettait de croire une telle chose. Seulement, voilà, Mike était fou !

Elle ravala sa peur et parla franchement.

— Je viens juste d'enterrer ma mère et son bébé naissant. Le sol était trop dur pour creuser. On a dû les mettre dans le canal d'irrigation qui est à moitié empli de sable. J'sais ce que tu veux dire quand tu parles de la terre, mais c'est pas ma faute ou celle de ma mère. Maintenant, on s'en va à Lundbreck. Il y a un endroit où...

Elle hésita, désirant partager son rêve de chutes, de jets d'eau et d'arcs-en-ciel dans le soleil, mais ne sachant comment.

— Ian et moi, on va s'installer là-bas. Avec notre oncle. Pour faire pousser des choses. Et peut-être ramener Napi à notre façon.

Elle se tenait devant la pile de crânes et défiait Mike du regard. Le jeune Amérindien planta gravement ses yeux dans les siens et elle n'eut pas la moindre idée de ce qui se tramait derrière ses iris noirs. La magie du moment fut rompue par la voix de Ian.

— Megan, t'es où ? Megan, je meurs de faim !

Wally sortit de la cuisine.

— C'est chaud !

— On peut pas vous prendre encore de la nourriture, mais on vous serait reconnaissants si vous pouviez nous donner un verre d'...

— Mais Megan, j'ai faim !

Ian descendit les marches.

— Il y a plein de nourriture. Plein pour tout le monde.

La voix de Mike était bourrue. Curieusement, il avait l'air honteux et ne semblait plus aussi grand et aussi puissant qu'il l'avait été quelques minutes auparavant. Comme si la magie avait fui son corps.

« Qu'est-ce qui a causé ce changement ? » s'interrogea Megan.

— Si vous êtes sûrs... commença-t-elle sans enthousiasme.

— Plein pour tout le monde, hein, Mike ? dit Wally en souriant. Hier, c'était une journée chanceuse.

Mike fronça les sourcils et le sourire de Wally s'estompa.

— Je vais aller sortir la viande du four.

Ils mangèrent en silence dans la cuisine faiblement éclairée, Ian engouffrant de grandes tranches de viande rôtie. « Est-il sous-alimenté ? Il est petit et maigre de nature, mais est-il normal pour un garçon de dix ans ? » se demanda Megan avec anxiété. Elle n'avait personne à qui le comparer. Pour sa part, elle était encore gavée du repas de la veille et ne mangea qu'une seule tranche de viande.

Quand il eut fini de s'empiffrer, Ian bondit de sa chaise et commença à explorer la pièce en ouvrant les tiroirs et les armoires jusqu'à ce que Mike hurle un « Non ! » qui le laissa bouche bée. Il y avait longtemps qu'un homme n'avait pas usé de son autorité sur lui.

— Ian, ne sais-tu pas te tenir ?

Une autre des expressions de maman et Ian

le savait. Il fit la moue. Elle essaya de l'amadouer.

— Il y a plein de choses intéressantes à voir, là-bas. Des photos. Des objets. T'es pas obligé de connaître les mots. Allez, vas-y !

— J'veux aller chercher Charlie.

— Pas maintenant, Ian. J'te promets qu'on le cherchera plus tard. T'inquiète pas. Il est probablement en train de chasser des gaufres gris aux alentours.

Il sortit de la cuisine la mine basse et Megan se tourna vers les autres.

— On devrait déjà être en route. Merci pour votre...

— Avant, il faut que je te montre le précipice.

— Mais je l'ai déjà vu.

Les yeux de Megan se tournèrent vers l'escarpement artificiel et le petit groupe d'animaux empaillés au sommet.

— Non. Pas celui-là. Le vrai. Dehors.

Le cœur de Megan se serra. Elle n'avait jamais vraiment cru qu'ils les laisseraient partir sans rien exiger d'eux. Et les portes étaient verrouillées...

***

Ian erra dans les différentes pièces comme Megan le lui avait demandé, regardant sans grand intérêt les animaux empaillés, les étalages d'herbe sèche et les vieux bols. Profondément ennuyant. Il donna un coup de pied sur le bord d'une caisse et jeta un œil autour pour voir si on ne l'avait pas surpris. Megan-le-p'tit-*boss* avait disparu avec le grand au bandeau de perles et les autres n'étaient pas en vue. Peut-être pourrait-il se glisser furtivement dans la cuisine et reprendre de cette délicieuse viande ? Peut-être même en cacher sous sa chemise ? C'était tellement meilleur que ces damnés gaufres gris !

Il ouvrit lentement la porte et examina rapidement la pièce. Pas un chat. Les assiettes de fer-blanc avaient été empilées dans l'évier. Contre le mur du fond, le réfrigérateur blanc l'invitait. Il y courut et l'ouvrit brusquement.

***

Megan suivit Mike jusqu'à la porte par laquelle elle était entrée le soir précédent. Il souleva la lourde barre de métal, tira les nombreux verrous et la poignée. Une forte odeur d'herbe brûlée et de sauge s'engouffra dans l'entrée.

Le soleil brillait d'une blancheur éblouissante sur le trottoir d'asphalte. Megan sentit ses pupilles se contracter et ses yeux s'humidifier.

— Viens.

Mike s'engagea sur le sentier qui longeait le sommet de l'escarpement. À son extrémité, ce dernier s'élargissait en une sorte de plate-forme circulaire qu'un garde-fou entourait. En regardant vers le bas, Megan put voir la piste qu'elle et Ian avaient empruntée la journée précédente.

À l'extrémité nord du point de vue, sous la balustrade, le sol chutait abruptement en un ravin d'une dizaine de mètres. Dans les temps anciens, avant que l'escarpement ne s'écroule, le précipice avait dû avoir vingt mètres de profondeur. Sur la face la plus éloignée de la partie effondrée, un surplomb rocheux abritait les nids boueux d'une colonie d'hirondelles à front blanc.

— Lis, lui ordonna Mike en pointant du doigt une plaque fixée sur une grosse roche.

Le texte était maculé de fientes d'oiseaux et les lettres incrustées de sable séché. Lentement, après quelques faux départs, Megan réussit à déchiffrer le message.

— « Ici prenait fin la chasse dramatique. Si tout allait comme prévu, les bisons en déroute plongeaient dans le précipice, les corps empilés les uns sur les autres. La plupart d'entre eux mouraient pendant la chute. Les autres étaient tués par des chasseurs se tenant aux alentours. »

Megan tenta d'imaginer un énorme troupeau de bisons courant à la débandade vers le précipice, incapables de voir que leur course folle les menait tout droit à la mort. Pourquoi ne s'étaient-ils pas arrêtés ou n'avaient-ils pas rebroussé chemin avant qu'il ne soit trop tard ?

Elle regarda la terre aride qui s'étendait vers l'est jusqu'à l'horizon. Les rayons du soleil qui l'aveuglèrent lui fournirent la réponse. Les bisons étaient voués à la mort dès que leurs sabots se posaient dans ce sentier.

Elle imagina ce que cela avait dû être. Le tonnerre des sabots. Les nuages de poussière. Les cris pendant la chute. L'odeur des animaux et celle du sang, puissante et douce, montant du ravin. Malgré la chaleur, elle frissonna.

— Tu peux mieux voir, ici.

La voix de Mike était douce dans son oreille.

Il l'aida à franchir le garde-fou et, une main sous son bras, la guida vers le surplomb rocheux, au-delà de la partie érodée du ravin. Comme dans un rêve, elle se vit marcher vers la lumière. Et Mike qui murmurait :

— Toutes ces années. Combien ?

— Plus de cinq mille cinq cents.

— Et après, notre vie s'est envolée. A été enlevée. La terre a été séparée en carrés. Coupée. Drainée. Usée. Regarde, là-bas. Vois ce que l'homme blanc a fait de la terre de Napi.

L'intensité de la lumière créait de petites vagues devant ses yeux. Elle ne voyait ni ne sentait rien, seulement la main sous son bras qui la poussait vers l'avant. Vers la lumière...

Soudain, le cri de Ian l'extirpa de sa transe. L'espace d'une seconde, elle chancela sur le bord du précipice et se détourna de la lumière pour entrer dans un monde soudainement rouge sang, tacheté de cercles verts.

Hurlant et pleurant, Ian courait dans sa direction. Elle se défit brusquement de la poigne de Mike, franchit le garde-fou et courut en trébuchant vers son frère. Ils se rejoignirent à la balustrade que Ian traversa d'un bond pour se ruer sur sa sœur et se coller à son ventre.

— Qu'est-ce qu'il y a ? Qu'est-ce qui s'est passé ?

— Charlie... Charlie...

Il s'étrangla. Des larmes roulèrent sur ses joues.

— Où ? Qu'est-ce qui s'est passé ?

Elle tourna la tête et vit l'expression sur le

visage de Mike. Avant même que Ian ne puisse balbutier les mots, elle avait compris.

— Mort. J'ai vu sa peau. Et la viande dans le frigo. C'était Charlie. Megan, ils nous ont fait manger Charlie !

4

Megan eut un haut-le-cœur. Les yeux noirs et inexpressifs de Mike étaient fixés sur elle. « Pas question que je vomisse devant lui », se dit-elle. Elle foudroya les autres du regard. Wally et Tim affichaient un sourire moqueur. Dick avait l'air effrayé. Avait-il égorgé Charlie ? Pauvre Charlie ! Lui qui pensait que le monde entier était son ami !

Les gémissements de Ian se changèrent en frissons et en halètements. Elle sentait le corps du jeune garçon se contracter. « Dans moins d'une minute, il va vomir et ce sera pire », pensa-t-elle. Elle recula et le gifla.

— Ne vomis pas ! lui cria-t-elle. C'est le meilleur repas que t'as mangé ces derniers six mois et le meilleur que t'auras d'ici Lundbreck, alors, garde-le. Charlie ne reviendra plus. Arrête de pleurer !

Ce n'était pas vraiment elle qui parlait. Elle n'aurait jamais eu autant de cran. Cette personne ressemblait plutôt à maman. Avec son courage et son gros bon sens. Ian la regarda, bouche bée.

— Viens, Ian. On s'en va.

Megan pria pour que sa colère demeure aussi vive que possible afin de la maintenir sur ses jambes et de les entraîner loin du monde de Napi.

Elle agrippa la main de Ian, tourna les talons et se dirigea à l'ouest vers une pente. Elle ne regarda pas par-dessus son épaule pour voir si les quatre jeunes hommes s'étaient lancés à leurs trousses, mais elle marcha si vite que Ian dut trottiner derrière elle pour pouvoir la suivre. Le sol rocailleux et sablonneux était dur et parsemé de buissons d'armoise rabougris et de trous de spermophiles. Ils faisaient attention pour ne pas se prendre les pieds dedans.

Dès qu'ils eurent dépassé le sommet de la colline et eurent rejoint un marécage desséché offrant un couvert clairsemé de chalefs argentés, Megan lâcha Ian et s'écrasa dans l'ombre des broussailles.

— Baisse-toi, haleta-t-elle.

Elle roula sur le ventre et regarda en direction du chemin par lequel ils étaient arrivés. Son cœur battait la chamade contre le sol dur.

Rien ne bougeait. Elle attendit, essayant de contrôler sa respiration. Soudain, une ombre sur le sol la fit tressaillir. Elle lorgna vers le ciel. Encore ce maudit faucon ! Elle espéra qu'il s'en irait. Si Mike le voyait voltiger au-dessus d'eux, il saurait exactement où ils se trouvaient.

Petit à petit, son pouls redevint régulier. Elle jeta un coup d'œil à travers les branches du chalef argenté qui les dissimulait. Droit comme un piquet de tente, un spermophile les observait. « Il ne serait pas là si Charlie était encore avec nous », pensa-t-elle.

Ian se mit à pleurnicher. Elle tenta de l'attirer vers elle, mais il la repoussa.

— J'te déteste, Megan Dougal. Tu m'as frappé.

— Excuse-moi, Ian, mais il le fallait. Tu serais devenu incontrôlable si je l'avais pas fait. On devait partir de là.

— Qu'est-ce qu'on va faire, maintenant ? dit-il d'une voix tremblante.

Megan chassa la peur de son esprit et prit une voix confiante, comme si elle savait de quoi elle parlait.

— On va attendre encore un peu, juste pour être sûrs qu'ils nous suivent pas. Après, on va redescendre jusqu'à l'endroit où on a laissé nos affaires. Dès qu'on les aura, on se dirige vers l'ouest, jusqu'à ce qu'on croise une route.

— Et s'ils nous rattrapent ?

— Ils nous rattraperont pas. On sera prudents.

Le soleil passa au zénith. L'air miroita et la musique des sauterelles s'amplifia. Le faucon s'en était allé. Le ciel était de nouveau calme. À l'ombre des broussailles, la chaleur était cuisante.

— Ils doivent être retournés à l'intérieur pour se protéger de la chaleur. Viens.

Ils grimpèrent la pente, quittant le marécage desséché et ses broussailles. Megan se redressa prudemment et vit briller, à sa droite, la balustrade blanche et le moulin. Derrière l'affleurement rocheux situé devant eux se trouvait le buisson sous lequel elle avait laissé leur barda.

— Reste ici, Ian, murmura-t-elle. Couche-toi sur le ventre. Si... s'ils m'attrapent, tu cours. O.K. ?

— Vers où, Megan ? Où je dois aller ?

Megan prit une grande inspiration.

— Écoute, Ian. S'il m'arrive quelque chose, tu dois marcher vers l'ouest jusqu'à ce que tu rencontres une route qui descend vers le sud. En prenant cette direction, tu croiseras, tôt ou tard, la route du Nid-de-Corneille. C'est la route nationale. J'suis sûre qu'il y aura de la circulation. Tu arrêteras une voiture et tu demanderas aux gens de prendre soin de toi. Compris ?

— Moi ? Arrêter une voiture ?

Ian ouvrit grands les yeux. Il n'avait jamais vu une voiture de près. Elles ne passaient plus près de la ferme quand Fort Macleod avait fermé.

— C'est facile. T'as juste à te tenir sur le bord de la route et à faire signe aux automobilistes en bougeant les bras au-dessus de ta tête. Mais tu restes sur le côté de la route. Ils conduisent très très vite. Ils pourraient te frapper. Compris?

Il acquiesça. Malgré le soleil, son visage était pâle et ses taches de rousseur ressortaient, comme des étoiles en mouvance dans la voie lactée. Cette fois-ci, quand elle le serra contre elle, il ne la repoussa pas. « C'est un enfant difficile, pensa-t-elle. Et il s'ennuie de maman. Et de Charlie. » Une fois de plus, elle mit ses sentiments en veilleuse. Elle devait se concentrer sur ce qu'elle avait à faire.

Courbée en deux, elle se glissa le long de la pente qui menait au précipice. À mi-chemin, elle se jeta par terre, reprit son souffle et scruta les alentours. Personne. Aucun mouvement. Le soleil lui tapait sur les épaules. Des gouttes de sueur lui dégoulinèrent dans les yeux. Elle essuya son visage du revers de la main.

Les couvertures étaient là, sous les buissons. Dieu merci! Dans une minute, elle les aurait en main. L'espace d'un instant, la possibilité que

Mike et les autres — mais spécialement Mike — soient cachés à proximité la figea sur place. Une fois de plus, elle essuya la sueur qui perlait sur son visage.

Se relever. Marcher. Il le fallait. Quelques mètres encore.

Son cœur battait la chamade, des tambours de guerre résonnaient dans ses oreilles. Sa nervosité s'amplifia à l'approche du ravin et elle affronta les questions qu'elle avait repoussées jusqu'alors. Mike avait-il eu l'intention de la pousser au bas du précipice ? De l'offrir en sacrifice à Napi ? Ou lui avait-il simplement fait une mauvaise blague ? Son pied était posé sur le bord effrité quand le cri de Ian l'avait ramenée à la réalité. Peut-être Mike ne l'aurait-il pas poussée ? Mais peut-être lui aurait-il permis d'avancer, dans sa transe, vers la lumière aveuglante du soleil jusqu'à ce qu'il n'y ait plus rien sous ses pieds ? Comme les bisons.

Les couvertures et le panier de poules étaient maintenant devant elle. Pauvres bêtes ! Elles devaient être mortes de soif. Il fallait les abreuver immédiatement.

De l'eau ! Elle avait prévu remplir leurs bidons avec l'eau du robinet. Il était trop tard à présent. Elle avait raté sa chance. Stupide. Stupide. Bien des choses avaient mal tourné et ils n'étaient encore qu'à quelques kilomètres de la maison. Peut-être auraient-ils dû rester à la ferme ? Ou marcher jusqu'à Lethbridge pour demander de l'aide et être placés en foyer nourricier ? Non, jamais en foyers nourriciers. Elle avait promis à maman de s'occuper de Ian.

Elle se mordit les lèvres et regarda vers le nord-est au-delà de la ligne sombre du lac de Boue. La ferme n'était pas visible, mais la ligne droite du canal d'irrigation se dessinait clairement. Au nord, la fumée qu'elle avait aperçue la veille était maintenant plus épaisse et s'étendait vers l'est. Aux environs de leur propriété. S'ils s'en retournaient, tout serait probablement calciné à leur arrivée. La terre entourant les dépendances était sèche comme de l'amadou et, à l'exception des fondations, la maison était entièrement faite de bois.

Elle agrippa les couvertures, le panier et les bidons. Oubliant la possibilité que Mike pourrait à tout instant foncer droit sur elle, elle courut jusqu'à la crête de la colline où se trouvait Ian.

— As-tu vu quelque chose bouger ?

— Rien, Megan. Juste des spermophiles.

— O.K. Prends ta couverture et ton bidon, et on retourne au marécage. Il fait trop chaud pour voyager. On va attendre le début de la soirée.

Ian tourna les talons et, obéissant, trottina en direction du marécage.

— Hé! je t'ai dit de prendre ton bidon. J'ai juste deux mains.

— Je l'ai. Regarde. Même qu'il est lourd.

— C'est impossible. J'ai pas pu les...

Megan s'arrêta et soupesa les contenants qu'elle avait en main. Deux bidons bien pleins. Trois en tout. Tous emplis à ras bord.

Était-ce la façon que Mike avait trouvée pour s'excuser pour Charlie? Ou pour ce qu'il avait essayé de lui faire au bord du précipice à bisons? Finalement, peut-être n'était-il qu'un tout petit peu fou? Ne l'étaient-ils pas tous, en ces temps difficiles? En tout cas, il s'était fort bien rattrapé. Trois bidons emplis d'eau de source. Ses lèvres sèches se fendillèrent en un sourire.

— J'pense qu'on n'a plus besoin de s'inquiéter, Ian. Ils sont pas à nos trousses.

Dans l'ombre maigre du chalef argenté, Megan ouvrit le panier. L'une des poules était morte et les deux autres agonisaient, leurs becs s'ouvrant et se fermant par à-coups. Elle trouva une feuille sèche, en fit un entonnoir et versa l'eau avec soin dans les becs ouverts des volailles. Quand elles furent remises sur pattes, Megan se permit une petite gorgée d'eau.

Elle était fraîche et douce. Merveilleuse. Megan aurait pu la boire toute. Elle s'imagina en train de la verser sur sa tête et ses épaules. Elle revissa fermement le bouchon.

— Vas-y mollo, Ian. Si tu finis ce bidon aujourd'hui, t'en auras pas d'autre jusqu'à ce qu'on puisse le remplir. Et j'sais pas dans combien de temps on va trouver de l'eau douce. Alors, fais-la durer.

— J'ai tellement soif, Megan. On va croiser une rivière bientôt, non ? Maintenant qu'on est dans les collines.

— J'en sais rien. On peut pas compter là-dessus. Regarde ce marécage. Sec comme un os, même s'il y a probablement eu une source ici, dans le passé.

Ils s'étendirent à l'ombre et restèrent là, sans bouger, puisque chaque petit mouvement les faisait suer davantage. Finalement, Megan sentit une brise souffler de l'ouest et annonça le départ.

Ils se mirent en route avec confiance et s'engagèrent sur le premier sommet des collines du Porc-Épic. Après une heure de marche, ils aperçurent, au loin, une série de poteaux vermoulus entre lesquels s'étendaient des fils de fer.

— Regarde, une route. Ce sera plus facile

de marcher à partir de là.

Son cœur s'allégea. Les choses allaient peut-être s'arranger.

Des buissons d'amarante s'étaient coincés dans la clôture et le sable s'y amoncelait. Ils durent gravir les dunes durcies par le vent et enjamber les barbelés pour atteindre la route.

Megan avait raison. Le vent d'ouest avait nettoyé le chemin jusqu'à sa base de sable et de roches. La marche était moins ardue que dans les champs où la peur de se prendre un pied dans un trou ou dans une racine et de se tordre une cheville était toujours présente. La route bifurqua vers le nord-ouest, ondula, grimpa et obliqua de nouveau vers l'ouest.

— Est-ce qu'on peut s'arrêter, Megan ? Il fait tellement chaud !

— J'sais, Ian, mais encore un petit effort. Quand on aura trouvé un endroit à l'ombre et du bois pour le feu, on s'arrêtera, j'te le promets.

Le soleil couchant les aveuglait à tel point qu'ils faillirent ne pas voir, sur leur droite, les restes d'une ferme abandonnée. Megan déposa sa couverture roulée contre la face nord du bâtiment le moins endommagé. « Je ne voudrais pas qu'il nous tombe sur la tête », pensa-t-elle. Le toit du plus petit hangar s'était déjà effondré et les murs n'avaient besoin que d'une petite poussée pour s'affaisser en un gros tas de planches qui seraient parfaites pour alimenter un feu.

Megan repéra une allée de gravier qui avait dû servir autrefois de cour d'entrée à la ferme. Pour éviter un feu de prairie, elle s'y installa et fit son feu avec des branches d'amarante sèches recouvertes d'un tipi de planches. Elle craqua une allumette et l'approcha de l'amarante, qui s'enflamma aussitôt dans une explosion de couleurs.

— Nourris le feu jusqu'à ce qu'on ait un bon lit de braises, Ian. Pendant ce temps-là, je m'occupe de la poule.

À l'ombre de la maison, Megan dépluma la volaille, la vida, la lava avec la plus petite quantité d'eau possible et lui coupa la tête et les pattes. Quand elle eut terminé, Ian avait monté un bon tas de charbons ardents qu'il nourrissait avec des bouts de planches. La sueur coulait sur son visage, mais il ne s'en plaignait pas.

— Ce serait bien si on pouvait trouver quelque chose pour fabriquer une broche. On pourrait faire rôtir la poule et on sauverait de l'eau.

— Il y a un tas de ferraille, là-bas. Je vais voir.

Ian détala comme un lapin et revint peu de temps après avec une demi-douzaine de tiges de métal. Ils en enfoncèrent deux de chaque côté du feu, de manière à ce que leurs extrémités se croisent en X. Megan en prit une cinquième, la passa à travers la poule et en appuya les extrémités sur les supports improvisés.

— Va falloir la tourner pour pas qu'elle brûle. Fais un somme, Ian. Je la surveille.

Megan nourrit le feu et garda un œil sur leur rôtissoire de fortune. Le soleil se cacha derrière les collines et le ciel s'empourpra. Quand la volaille fut cuite, Megan réveilla Ian. Elle mit la poule sur une planche propre et coupa la poitrine en deux grosses parts. La peau était rôtie à point et la chair était juteuse, quoiqu'un peu dure. Après tout, cette poule n'était pas jeune. Elle avait vécu une longue vie de couveuse avant d'en arriver là.

— Je vais envelopper les cuisses pour demain, dit-elle. On partira tôt et on mangera en route. Quand il fera trop chaud, on s'arrêtera.

Ils nettoyèrent leurs doigts graisseux sur le sable, burent chacun une petite gorgée d'eau et déroulèrent leurs couvertures. Le feu mourut. Dans le ciel, les étoiles apparurent une par une et les réconfortèrent par leurs configurations familières.

— Ian, regarde ! Une étoile filante ! Et une

autre. Fais un vœu, vite !

— C'est quoi le tien, Megan ? Moi, c'est...

— Chut ! Si tu le dis, ton vœu ne se réalisera pas, tu te souviens ?

Dans la noirceur, la main de Megan agrippa la goutte de cristal. « Je souhaite de pouvoir habiter à proximité des chutes. Près de l'eau douce. Comme sur le calendrier. » Megan eut une vision fugitive de la vieille cuisine, du poêle, du pot pourpre sur la table, des ustensiles, du calendrier sur le mur, des armoires et de la vaisselle dépareillée.

Elle soupira. Tout ça était derrière eux. Parti. Probablement rasé par le feu de prairie. Plus rien que des cendres, comme celles de leur petit feu. Dans le sable du canal d'irrigation, maman et le bébé seraient au moins épargnés par les flammes.

— Megan ?

La voix endormie de Ian monta lentement dans la nuit.

— Humm ?

— Est-ce qu'il y a vraiment un trou dans le ciel comme maman nous le disait ? Parce que s'il y en a un, pourquoi on peut pas le voir ? J'veux dire, regarde. Il y a des étoiles partout. Pas de place pour un trou.

— Peut-être que le ciel est comme une

fenêtre percée. Quand tu regardes par la fenêtre, tu peux voir ce qu'il y a de l'autre côté, autant par la vitre que par le trou, mais la pluie entre juste par le petit trou. Je suppose que c'est la même chose dans le ciel.

Elle regarda le firmament en pensant à...

— Megan?

— Oui?

— Est-ce que l'âme de maman est montée au ciel par le trou? Et celle du bébé?

— Peut-être. J'en sais rien, Ian.

— Mais si le paradis est de l'autre côté du trou, pourquoi tout ce qui passe par là est mauvais pour nous?

— J'sais pas. Tais-toi et dors, je t'en prie.

Dans le silence, elle l'entendit soupirer et se tourner dans tous les sens. Elle s'appuya sur son coude.

— Qu'est-ce qu'il y a encore?

— Megan, est-ce que Charlie va aller au paradis?

Des larmes envahirent ses yeux. Elle se mordit les lèvres, déglutit et prit une voix forte et convaincante.

— J'suis sûre que oui. Charlie était un chien loyal et... et un bon ami. Et dans un sens, il a donné sa vie pour nous. Pour nous donner la force de voyager.

— Hum, oui.

Il y avait de la satisfaction dans la voix en-dormie de Ian. Il gloussa.

— J'espère qu'il y a beaucoup de gaufres gris au paradis.

Megan s'étendit sur le dos et regarda les étoiles. Ça devait être plaisant d'avoir dix ans. Pas de complications, pas de décisions à pren-dre. Vieillir était beaucoup plus difficile. Elle pensa à Mike Faucon des Prairies. Elle revit son visage finement sculpté, ses pommettes hautes et son nez saillant. Ses yeux mystérieux. Elle n'avait jamais su ce qu'il pensait. L'aurait-il tuée ? L'aurait-il laissée marcher vers le précipice ? La main sous son bras la poussait-elle ou la retenait-elle ? Elle ne savait pas. Elle ne saurait jamais.

Elle frissonna. Ses doigts se posèrent sur la goutte de cristal. Et elle sombra dans un som-meil profond.

***

— J'ai tellement soif, Megan.

— On arrête dans une minute. En haut de cette butte, O.K. ?

Ils ne marchaient que depuis une heure,

mais Ian était déjà fatigué. Derrière eux, le soleil était encore bas et leurs ombres les précédaient sur la route de terre, telles des compagnes de voyage les encourageant à continuer.

Au sommet de la butte, la vue était splendide. La terre s'étendait à leurs pieds et, au loin, la ligne brisée des Rocheuses sciait le ciel bleu. Megan plissa des yeux. Maman avait dit que sur certains sommets, il y avait des neiges éternelles. Était-ce un reflet blanc qu'elle voyait sur ce pic, là-bas ?

— Regarde. Tu peux voir où nous allons, Ian. Et tu vois cette tache blanche, là-haut ? C'est de la neige. En plein milieu de l'été, imagine. Pense à toute celle qui doit tomber en hiver. Sûrement assez pour que l'herbe pousse verte au printemps.

Ian ne s'intéressait pas au panorama.

— J'ai soif, répéta-t-il.

Megan avait atteint son seuil de tolérance.

— Prends une gorgée, idiot ! Mais bois pas tout. On n'a pas vu un seul ruisseau jusqu'à présent et j'sais pas quand on pourra remplir les bidons.

— J'en ai plus !

— Quoi ?

Megan lui arracha sa bouteille métallique, la secoua et la retourna.

— Ian, franchement !

— J'avais soif. La cuisse de poulet m'a complètement desséché la gorge.

À contrecœur, Megan lui tendit le troisième contenant.

— Juste une minuscule gorgée. C'est l'eau que je garde en cas d'urgence. Hé ! j'ai dit une gorgée ! Redonne-moi ça.

Elle tendit la main.

— T'es méchante. T'es méchante et t'es toujours en train de me donner des ordres. Tiens, prends-le, ton maudit bidon !

Il le lui rendit avec tant de mauvaise foi que le contenant glissa des mains de Megan. Une partie du précieux liquide se répandit sur la route poussiéreuse.

— Ian, comment peux-tu être aussi stupide ?

Les larmes aux yeux, elle revissa le bouchon et glissa la courroie de transport sur son épaule. Elle lécha les quelques gouttes tombées sur sa main et frotta son front de sa main humide. L'espace d'une seconde, le vent d'ouest rafraîchit son visage. Puis l'eau s'évapora et le vent redevint aussi chaud et sec qu'à l'habitude. Elle se tourna vers son frère.

— T'es un cas désespéré ! T'es juste un bébé et un égoïste. J'sais pas pourquoi j'me soucie de toi !

Elle partit à grandes enjambées. Ian la suivit à une dizaine de foulées derrière. Le chemin redescendait et Megan put en apercevoir les méandres, comme sur la carte en relief dans le monde de Napi. Il bifurquait une fois de plus vers le nord-ouest et se perdait dans une série de contreforts. Inquiétant, mais sans plus, car, à moins d'un kilomètre d'où ils se trouvaient, une route plus large et plus importante filait vers le sud.

— Cette route va dans notre direction, Ian.

Elle la lui indiqua du doigt et continua son chemin. Ian se traînait les pieds dans la poussière et boudait. Comment maman s'y prenait-elle avec lui ? Avait-il toujours été aussi grognon ? Ou était-ce tout simplement de sa faute à elle ? Que faisait-elle de mal ?

— Regarde, reprit-elle d'un ton enjoué quand il la rejoignit. Tu vois, là-bas ? C'est la route qu'on va suivre.

— Comment tu le sais ? T'as pas de carte, rien.

— La terre est comme une carte. Tu vois la brèche dans les Rocheuses ? C'est le passage du Nid-de-Corneille. Lundbreck est dans cette direction.

— J'veux pas y aller ! J'veux retourner à la maison ! Tu sais pas où on s'en va et ce qu'il va y avoir si jamais on y arrive. T'inventes tout à mesure. Tu rêves. C'est tout!

Megan tenta de garder son calme.

— On peut pas retourner à la maison, Ian. Il n'y a plus rien, là-bas. Le puits se tarissait et tu le sais. Tu te souviens de la fumée qu'on a vue avant-hier, au nord des collines du Porc-Épic? Bien, quand j'suis allée chercher nos couvertures, je l'ai revue. Un vrai feu de prairie. Très près de la ferme. Tout est probablement brûlé à l'heure qu'il est. Et on le serait nous aussi si on était restés.

Elle eut une vision des rideaux de dentelle de la cuisine qui noircissaient, leurs motifs encore visibles jusqu'à ce qu'ils tombent soudainement en poussière. Elle imagina le calendrier sur le mur, son papier brillant se racornissant et se repliant vers les chutes.

— Il n'y a plus de maison, maintenant, Ian, ajouta-t-elle. Faut marcher vers l'ouest. On n'a pas le choix. Parce qu'à l'ouest, il y a de l'eau.

Les lèvres du jeune garçon tremblèrent. Avait-elle été trop dure avec lui? Quand il redemanda de l'eau, elle lui tendit le troisième bidon sans discuter. Il but sans faire attention à l'eau qui jaillissait de sa bouche, revissa le bouchon et suspendit le contenant de métal à son épaule. Puis il se remit à marcher en la défiant.

— O.K.! lui cria-t-elle. Mais souviens-toi : quand il n'y en a plus, il n'y en a plus !

Elle secoua son propre bidon. Moins de la moitié. Elle prit une petite gorgée, qu'elle retint dans sa bouche et avec laquelle elle humecta ses lèvres sèches, puis elle laissa le liquide descendre dans sa gorge. Ensuite, elle donna de l'eau aux poules. La veille, elle les avait laissées en liberté. Les deux volailles avaient picoré autour de la ferme abandonnée et s'étaient juchées sur une poutre pour dormir. Aujourd'hui, elles avaient l'air en bien meilleure forme.

« Ce soir, on mangera un ragoût de gaufres gris séchés, pensa-t-elle. Je vais garder l'eau pour la cuisson. Mon eau. Ma ration. » Elle regarda Ian qui trottait devant elle, le troisième bidon glissé négligemment sur son épaule.

Elle était en colère et irritée par la situation. Et elle avait chaud. « Comme j'aimerais prendre un bain ! Laver mes cheveux et mes vêtements. Mes dents sont sales et j'empeste la sueur. Maman aurait honte de moi. »

Avec un soupir d'exaspération, elle prit le panier, agrippa la courroie de son bidon et la corde de sa couverture, et les passa en bandoulière.

Elle rejoignit Ian à la fourche du chemin.

— Par là, dit-elle avec confiance en empruntant la voie du sud.

Cette route était assez large pour deux voitures. Ici encore, des squelettes de buissons d'amarante avaient été soufflés par le vent d'ouest contre la clôture et le sable s'était amoncelé jusqu'au dernier barbelé. Par endroits, quelques poteaux s'étaient affaissés et de petits bancs de sable s'étaient formés sur la route, mais à cette exception près, la chaussée était entièrement dégagée. Aucune empreinte de voiture ou trace de pas. Seulement les leurs.

Jalonnée de buttes de sable, de vallons et de ruisseaux à sec, la route descendait en droite ligne vers le sud. Des parcelles de terre blanche et des touffes d'herbe rude et alcaline ressortaient du sable, ici et là.

« Même s'il y avait eu de l'eau, elle n'aurait pas été potable, pensa Megan. Qu'arrivera-t-il demain ? » Cette pensée la hantait. « Quand il n'y aura plus d'eau, que nous arrivera-t-il ? »

Elle stoppa au sommet d'une côte, enleva son chapeau de coton et laissa le vent rafraîchir son front et ses cheveux mouillés de sueur. Avec si peu à boire dans cette chaleur à mourir de soif, elle se demanda comment son corps pouvait continuer à produire de la sueur.

Elle jeta un coup d'œil à droite et aperçut

une large vallée. Et aux confins de cette vallée, les méandres d'une ligne de vert. De la verdure ! Un ruisseau d'eau potable !

Elle fut tentée de sauter par-dessus la clôture et de courir dans la vallée, mais son bon sens la retint. « Suivre la route. Trouver le chemin d'accès. Il doit y avoir une ferme, là-bas. Nous pourrons leur demander un abri et utiliser leur eau en échange d'une poule. Ils nous laisseront sûrement nous baigner dans le ruisseau. Et laver nos vêtements. Et emplir nos bidons. »

Elle redressa les épaules.

— Viens, Ian. Là-bas. De l'eau.

Ils mirent une heure pour arriver au chemin de terre de la propriété. Il y avait une pancarte sur la barrière d'entrée.

— Qu'est-ce que ça dit ?

— « Les intrus seront... » quelque chose. Il y a des mots que je connais pas. Ça fait rien. Viens.

Ils franchirent la barrière et s'engagèrent sur le chemin de terre. Le soleil était encore haut et frappait sans merci sur leur tête. Leur ombre ne les précédait plus. Il n'y avait pas d'endroit pour se reposer. Pas de ravine. Pas de lit de ruisseau desséché. Pas d'arbres.

— Ça peut plus être très loin, Ian. Courage.

La route bifurqua vers le sud, descendit une côte, vira et, soudain, le ruisseau leur apparut. Il cascadait sur des pierres et de l'écume blanche moussait autour des roches plus grosses. La ferme n'était pas en vue, mais elle était probablement située en haut de la côte, après le prochain tournant.

— On remplit nos bidons et on se lave. Après, on ira trouver les gens de la ferme. Allons-y!

Megan souleva le premier fil de fer afin que Ian se glisse à travers la clôture. Ensuite, elle lui passa le panier, jeta sa couverture de l'autre côté et traversa le rejoindre.

Cet endroit était sûrement habité. Les poteaux de clôture étaient en bon état et les barbelés neufs. Près du ruisseau, la sauge poussait à profusion. Le vent la faisait onduler et elle brillait en vaguelettes argentées, comme un lac d'eau claire. Son odeur prenante chatouilla les narines de la jeune fille et lui fit tourner la tête.

Le ruisseau. Cinq mètres de largeur. Peu profond. Aussi limpide que... que sa goutte de cristal. Megan déposa son barda et fixa son regard sur la petite cascade. Ian enleva ses souliers et ses chaussettes.

— Hé! attends une minute! Laisse-moi

remplir les bidons avant que t'agites l'eau et qu'elle devienne boueuse.

Elle se déchaussa elle aussi, entra dans l'eau à mi-mollets et emplit les bouteilles de métal. Sitôt sortie, elle permit à Ian de se déshabiller et de s'y jeter.

— Hé! Megan, regarde-moi!

Il faisait la planche sur le ventre, à contre-courant, bloquant l'eau afin qu'elle bouillonne par-dessus ses épaules et cascade sur son dos.

— On peut pas rester longtemps, l'avertit Megan. On doit pas se laisser brûler par le soleil.

— Ce maudit trou! maugréa Ian.

Il se retourna sur le dos, battit des pieds et fit gicler des éclaboussures dans les airs.

Megan se dévêtit et se glissa dans l'eau, poussant un petit cri quand celle-ci toucha son corps chaud. Elle dénoua ses tresses et lava ses cheveux. «C'est bête d'avoir oublié le savon», pensa-t-elle.

Après sa toilette personnelle, elle trempa et frotta leurs chemises, leurs chaussettes et leurs sous-vêtements et les étendit sur la sauge. Dans quelques heures, ils seraient secs.

— Je laverai pas tes jeans et ma jupe. Ils prendraient trop de temps à sécher, même par cette chaleur.

Le long du ruisseau, ils découvrirent des amélanchiers de Saskatoon chargés de baies mûres dont ils se gavèrent. Puis ils sommeillèrent tout l'après-midi à l'ombre des broussailles.

— Est-ce qu'on peut rester ici toute la nuit, Megan? la supplia Ian quand ils se réveillèrent au crépuscule. J'veux pas partir tout de suite.

— Bon, juste ce soir. Il y a beaucoup de bois pour le feu. Et une plage rocheuse pour le faire. J'avais prévu un ragoût de gaufres gris. Je vais ajouter des baies. Ce sera meilleur.

Lorsque le ragoût mijota sur le feu, Megan se tourna vers la route.

— Je devrais aller jusqu'à la maison de ferme et leur dire qui on est.

— Il fait presque noir. Demain matin, on va passer à côté. On pourra s'arrêter, suggéra Ian.

— T'as raison. Ce sera encore le temps demain matin.

Megan avait étendu sa couverture sur les nouvelles pousses de sauge près du ruisseau. Elle s'y coucha et soupira de bonheur. Durant les deux derniers jours, sa décision de partir vers l'ouest lui avait parfois semblé complètement stupide. Quand elle avait réalisé que Mike était fou; quand elle s'était tenue sur le bord du précipice à bisons; quand elle avait compris que Charlie était mort; quand ils avaient failli manquer d'eau.

Mais finalement, tout avait bien tourné. Ils avaient enfin trouvé de l'eau et Ian n'avait pas grogné depuis des heures.

Il faisait pratiquement nuit, à présent. Elle brassa le ragoût, remua les braises et ajouta un autre morceau de bois dans le feu avant de déposer le chaudron brûlant entre eux.

— Te brûle pas la bouche.

La viande était tendre et relevée par la fraîcheur acide des baies. Peut-être pas aussi bonne qu'une poule rôtie, mais pas mauvaise du tout. « Tant qu'il y aura de l'eau, nous n'aurons pas de problèmes, pensa-t-elle. On peut attraper des spermophiles et on peut faire griller des sauterelles. Ils le font en Afrique. Je l'ai lu dans un livre. On a fait plus du tiers du chemin, les bidons sont pleins et il nous reste encore deux poules. Tout va bien aller. »

Elle rinça le chaudron et les cuillères, et s'enroula dans sa couverture. Au-dessus d'elle, les étoiles scintillantes la rassurèrent.

— Bonne nuit, Ian. Dors bien.

— Bonne nuit, Megan. Megan...

— Quoi?

— Il était pas mal, ton ragoût.

Megan sourit. C'était probablement la seule excuse qu'elle obtiendrait de son jeune frère. Elle se tourna sur le côté, l'odeur de la sauge l'enveloppa et elle s'endormit.

5

Megan rêvait de Charlie. Il les avait suivis depuis les collines du Porc-Épic et les avait rejoints. Il se tenait au bord du ruisseau en leur lançant des aboiements de bienvenue.

Elle ouvrit les yeux et fut aveuglée par un rayon de soleil qui filtrait entre les broussailles. Elle entendait toujours les aboiements, mais ils n'étaient pas joyeux comme ceux de Charlie. C'était plutôt une série de petits jappements secs entrecoupés de grondements sourds. Pas du tout amicaux.

Elle se mit à plat ventre et jeta un coup d'œil en direction du ruisseau. Au bout d'une laisse bien tendue était attaché un dogue au museau court et au pelage soyeux. À chaque aboiement, il tirait sur sa chaîne et, à chaque grondement, il retroussait ses babines et montrait ses longues canines blanches et pointues.

Le maître était debout à côté du molosse. Bottes hautes et luisantes, pantalon d'équitation, veston cintré d'uniforme, visage lisse rasé de frais, bouche en trait d'union, yeux cachés par la visière d'une casquette.

— Ian, murmura-t-elle. Ian !

Elle lui donna un petit coup de pied.

— Ian, réveille-toi. Lève-toi lentement. Ramasse tes affaires tout de suite. On a de la visite.

Ian émergea du sommeil. Le chien redoubla ses aboiements et tira de toutes ses forces sur la laisse. Megan sentit sa bouche se dessécher. Elle se leva.

— Bonjour, monsieur. On s'est juste reposés. Avant de repartir vers l'ouest. On n'a rien endommagé.

— Vous avez pris de notre eau, non ?

— Ou...oui. Sinon, on serait morts, mais, de toute façon, on est en aval de votre maison, on peut pas vous avoir dérangé. On s'est lavés et on a rempli nos bidons.

— Faites pas les innocents. Vous êtes sur une propriété privée. Vous avez lu les pancartes. Vous savez lire ?

Megan rougit.

— Sûr que je sais lire. Mais pas les longs mots. Je savais pas... Excusez-nous si...

— Qu'est-ce qu'on lui a fait à votre chien ? Si on avait encore Charlie, j'suis sûr qu'il lui montrerait...

— Tais-toi, Ian. Roule ta couverture. Tout de suite. Attache-la comme il faut.

Megan lui parla d'une voix basse tout en ne lâchant pas l'homme et son chien des yeux. Si seulement Ian avait fait ce qu'elle lui avait demandé au lieu de se lancer dans une discussion.

— C'est comme si on était déjà partis, monsieur, ajouta-t-elle.

Elle jeta rapidement sa chemise et ses chaussettes de rechange, le chaudron et les ustensiles dans sa couverture, la roula, l'attacha et se leva.

— On allait justement vous voir. On serait passés hier soir, mais on était trop fatigués.

— Si vous étiez venus à la maison, on vous aurait tiré dessus, dit sèchement l'homme. On n'aime pas beaucoup les étrangers.

— Non, monsieur. Excusez-nous, monsieur.

Elle parlait comme une automate pendant que son cerveau analysait les mots de l'homme. Tiré dessus ? Sans doute blaguait-il ? Mais son visage était sévère, fixe. Comme s'il était taillé dans du grès. Le molosse n'aboyait plus, mais il montrait ses crocs et grondait sourdement.

— Prêt, Ian ? T'as ton bidon ? O.K., on y va.

Elle fit un pas en avant. Le chien grogna et les poils de son dos se hérissèrent.

— Si vous nous laissez passer, monsieur, on se met en route à la seconde même.

— La route est privée. La propriété est à nous. Je pensais que j'avais été assez clair.

— Oui, mais... c'est une route publique. Elle se dirige vers l'ouest, dans la direction où on va.

— La loi a changé. Les pancartes le disent : c'est notre territoire. Personne passe par cette route. Personne. C'est clair ?

— Mais qu'est-ce que vous voulez qu'on fasse ?

Des larmes de rage et de frustration montèrent aux yeux de Megan.

— Vous voulez aller vers l'ouest, allez-y. Par là.

Il fit un geste en direction du ruisseau. Puis il s'accroupit à côté du dogue et relâcha la chaîne.

— Vas-y ! ordonna-t-il.

— Vite, Ian ! cria Megan.

Elle attrapa sa couverture roulée et deux bidons, tira Ian par la main et, ensemble, ils traversèrent le ruisseau et gagnèrent l'autre rive en quatrième vitesse.

— Megan, j'ai oublié mon chapeau !

— C'est pas vrai !

Megan se retourna. Au même moment, l'homme détacha le chien, qui se jeta dans le ruisseau et galopa dans leur direction, faisant gicler l'eau autour de lui.

— Cours aussi vite que tu peux, Ian !

Ils se lancèrent dans une course effrénée, appréhendant à tout moment la morsure sauvage du molosse. Soudain, Megan trébucha sur une racine de sauge et s'étala sur le sol.

— Continue ! haleta-t-elle.

Mais Ian se retourna et lui fit un bouclier de son corps, en faisant tournoyer son bidon dans les airs.

— T'en fais pas, Megan. Je le laisserai pas t'avoir.

Alors qu'elle se relevait, elle entendit le grognement sourd du chien dans son oreille. Elle se retourna juste à temps pour le voir bondir, la gueule ouverte dans un horrible grondement. Son cri se confondit avec un sifflement strident. À ce signal, le dogue s'arrêta net, secoua la tête et repartit d'où il était venu.

— Ça va, Megan ? lui demanda Ian d'une voix tremblante.

Megan se releva et lécha ses paumes écorchées.

— Oui. Ça va. Partons d'ici avant qu'il change d'idée.

Elle passa sa couverture et ses deux bidons

en bandoulière et ils se remirent rapidement en route. Le soleil cognait dur. Ils avaient dormi tard et il approchait déjà de midi.

— Mets mon chapeau, Ian.

— Et toi ?

— T'es plus pâle que moi. Prends-le.

Longtemps, ils marchèrent en silence.

— C'est ma faute, dit finalement Megan. J'aurais dû y penser. L'eau est devenue si précieuse que les gens la gardent comme... comme de l'argent à la banque.

— Cet homme était fou, hein, Megan ?

Elle acquiesça.

— J'espère que tout le monde n'est pas comme lui.

— J'en sais rien. Faudra être très prudents. Comme si on était en territoire ennemi.

— Et si on arrive chez oncle Greg et qu'ils sont tous comme ça ? lui demanda Ian, effrayé.

Megan secoua la tête et ne répondit pas. De toute façon, elle avait besoin de tout son souffle pour marcher. Ils étaient sortis des broussailles et marchaient maintenant sur un sol sablonneux et rocailleux, parsemé çà et là de touffes de graminées et de gros chardons qui leur piquaient les chevilles.

— J'attends ma réponse, dit Ian en élevant la voix. Pourquoi on continue si les gens chez qui on va sont comme cet homme, Megan ?

— J'en sais absolument rien, Ian, mais faut avoir confiance. Je t'en prie, prends pas cet air abattu. T'as été formidable, là-bas. Tu m'as sauvé la vie.

Un sourire apparut sur le visage du jeune garçon et disparut aussitôt.

— Viens, Ian. Une fois la butte passée, le chemin redescend.

Ils s'arrêtèrent au sommet de la butte pour reprendre leur souffle. La route s'étendait droite comme une règle en direction des montagnes. Ils regardèrent derrière eux la bande verte qui marquait l'emplacement du ruisseau où ils avaient passé la nuit. Ils ne voyaient pas la maison de ferme. Seuls des bâtiments très bas avec des toits en forme de dômes étaient visibles entre les arbres.

— Qu'est-ce que c'est, Megan ?

— J'me souviens que papa parlait de gens qui bâtissaient des maisons souterraines et qui les remplissaient de nourriture déshydratée et d'un tas d'autres choses au cas où ils auraient à se terrer pendant plusieurs années. Il disait que ces gens s'appelaient des... survivalistes[3].

3. N.D.T. « Surviveur » est le terme recommandé par l'Office de la langue française, mais en science-fiction, on emploie le terme « survivaliste ».

Probablement comme les gens de cette ferme.

— C'est quoi un survivaliste ?

— Une personne qui veut survivre.

— J'pensais que tout le monde voulait survivre.

— J'imagine qu'à la différence de nous, ces gens-là tueraient pour rester en vie.

Ils arrivèrent finalement à la route. Ici aussi, les poteaux de clôture étaient vermoulus et les barbelés rouillés s'affaissaient. Ils appuyèrent sur les fils de fer et passèrent aisément par-dessus.

— Qu'est-ce qu'on va faire si on rencontre quelqu'un d'autre ? Quelqu'un comme lui ? dit Ian d'une voix tremblante.

— Dis-moi pas que t'as peur ? Après ton geste héroïque ? Non, penses-y. Tant qu'on a été sur les routes, on n'a rencontré personne. Il n'y a pas de danger. Faut juste être très prudents quand on sera près d'un bâtiment. Surtout s'il y a de l'eau potable à proximité.

Ils marchèrent sans parler au son des stridulations des sauterelles et des criquets. La terre miroitait dans la chaleur. Megan sentait le soleil boire l'humidité retrouvée de sa peau et tendre celle-ci contre sa chair. Maintenant qu'elle n'avait plus de chapeau, son pouls commençait à battre sérieusement dans sa tête. Quand ils stoppèrent pour une gorgée d'eau, elle prit sa chemise de rechange et s'en drapa la tête et les épaules.

Elle passa sa couverture et ses bidons en bandoulière et resta soudainement figée.

— C'est bizarre. J'ai l'impression qu'il me manque quelque chose... Les poules! Ian, j'ai oublié le panier de poules!

— C'est pas grave, Megan. T'aurais pas pu y retourner. Ce maudit chien t'aurait bouffée toute crue.

— Il nous reste juste un peu de viande de gaufres gris. Ah! Pourquoi on n'a pas mangé une poule hier soir?

— Maintenant, tu peux plus être fâchée contre moi pour l'histoire du chapeau.

— J'étais pas fâchée contre toi, idiot. T'as été très brave quand j'ai trébuché. Mais t'aurais fait quoi si l'homme avait pas sifflé son chien?

Il ne répondit pas.

— Écoute-moi, Ian Dougal. Si jamais il m'arrivait encore quelque chose du genre, tu dois courir. Courir comme un fou sans te soucier de moi.

— Mais...

— Pas de mais! Écoute. J'te l'ai pas encore dit, mais juste avant que maman ne meure, je lui ai promis de veiller sur toi. Maintenant qu'elle est partie, j'suis un peu comme ta mère qu'elle est partie, j'suis un peu comme ta mère et tu dois m'écouter. O.K. ? Alors, quand j't dis de courir, tu cours.

— O.K., Megan-le-p'tit-*boss*. T'as pas besoin d'en rajouter. J'ai compris.

Il se remit en marche en traînant ses chaussures usées dans la poussière.

Megan soupira. Elle ne s'y prenait probablement pas de la bonne façon avec lui, mais elle devait persévérer. Elle le regarda s'éloigner d'un pas lourd.

Amour et exaspération. Voilà ce qu'elle ressentait. Elle fronça les sourcils. Le bras de Ian avait quelque chose d'anormal.

— Ian, attends-moi !

Il continua comme s'il ne l'avait pas entendue et elle courut le rejoindre.

— Ian, as-tu accroché ton bras dans les barbelés ?

— C'est rien.

Il essaya de se dégager, mais elle agrippa son poignet.

— T'es-tu égratigné sur les barbelés ? Maman disait que les fils de fer rouillés sont dangereux.

— C'est le chien, si tu veux savoir.

— Pourquoi tu me l'as pas dit ?

— J'pensais que t'allais encore te fâcher

contre moi, lui dit-il, les larmes aux yeux.

— Pourquoi j'me serais fâchée, idiot ?
Assieds-toi sur ta couverture que j'te soigne.

Elle mouilla un bout de sa chemise de
rechange et nettoya l'égratignure.

— J'pense que ça ira. Ça fait mal ?

— Un peu.

— Oh, Ian ! J'te comprends pas. Des fois,
t'es un vrai bébé et des fois, t'es aussi brave
qu'un... qu'un lion.

Elle le serra dans ses bras. Il lui fit un petit
sourire, mais ses traits étaient tirés et ses yeux
avaient cette lueur blanche de peur qu'elle leur
connaissait.

— Qu'est-ce qu'il y a ? Tu me fais pas confiance ? Tu crois pas que j'vais réussir à nous
conduire chez oncle Greg ?

— C'est pas ça.

— C'est quoi, d'abord ?

Il éclata en sanglots et des spasmes secou-
èrent son corps.

— Qu'est-ce qu'il y a ?

— Est-ce que je vais devenir fou, Megan ?

— Quoi ?

— Les morsures de chien rendent fou, non ?
Tu baves, tu tournes en rond et ils finissent par
t'abattre. C'est papa qui me l'a dit.

Elle éclata de rire. Il se dégagea de son étreinte, offensé.

— Excuse-moi. J'voulais pas... T'en fais pas, Ian. Tu tombes malade seulement si le chien qui t'a mordu a la rage. Ce chien était pas fou malade. Il était juste fou. Ça ira.

— Sérieuse ?

— Croix de bois, croix de fer, si je mens, je vais en enfer.

Ils se relevèrent.

— Regarde, Ian. Là-bas. Une vieille maison de ferme presque recouverte de sable. On se rend jusque-là, O.K. ?

Ils passèrent par-dessus la clôture déglinguée, se rendirent jusqu'à la vieille remise et s'accroupirent dans son ombre. Megan déballa ce qu'il leur restait de nourriture. Quelques lanières de viande séchée et une crêpe dure. En brisant la galette en deux, elle eut un pincement au cœur. Elle se rappela leur vieille cuisine, le petit poêle à bois et l'eau, quelque alcaline qu'elle soit, qui dégouttait de la pompe. « J'aimerais être à la maison, pensa-t-elle. J'aimerais ne jamais avoir entamé cette traversée du désert. »

Elle chassa rapidement la faiblesse de son esprit et tendit la nourriture à Ian.

— Bon appétit, dit-elle joyeusement.

— J'peux pas manger ça. C'est pas cuit.

— Oui, tu peux. Elle a été séchée au soleil. Déchires-en un bout et mâche-le.

— C'est trop sec. J'veux à boire.

— Quoi ? T'as déjà bu toute ton eau ?

Elle ravala son impatience et lui tendit le troisième bidon.

— Lentement, hein ! Juste des petites gorgées.

Elle fixa sa gorge et il la défia du regard par-dessus la bouteille de métal. « Plus question de jouer à ce petit jeu », se dit-elle. Elle se leva, tourna les talons et regagna la route qu'ils venaient d'emprunter.

— Remplir nos bidons sera plus difficile, lui dit-elle quand il l'eut rejointe et qu'elle se fût calmée. On va marcher aussi longtemps que possible. Si on trouve de l'eau et qu'il n'y a pas de maison en vue, c'est parfait, mais si on en trouve et qu'il y a des gens qui habitent dans le coin, on se cache jusqu'à ce qu'il fasse très noir. Là, j'me faufile, je remplis les bidons et après, on se pousse jusqu'à ce qu'on soit en sécurité. O.K. ?

Ian grogna. « J'imagine qu'il est encore fâché contre moi pour avoir ri de lui », pensa Megan.

Les sauterelles crépitaient dans le crépuscule. Que trouveraient-ils à manger ? Il n'y avait pas la moindre petite pousse verte aux alentours. Le silence lui pesait.

— Je vais t'aider à remplir les bidons, dit Ian en rompant le silence.

— Merci, Ian, mais j'pense que j'fais mieux de le faire moi-même.

— J'suis pas un bébé, Megan Dougal ! T'arrêtes pas de me traiter comme si j'étais un bébé. J'ai dix ans !

— J'le sais, idiot. J'voulais pas... c'est juste que ce sera moins bruyant si j'y vais seule. Et ton bras est blessé. Tu...

Elle essaya de trouver les mots qu'il fallait.

— Tu feras le guet. C'est très important, tu sais. O.K. ?

— D'accord, dit-il à contrecœur.

— Parfait. Allez. On y va.

Sur leur droite, à la sortie du virage suivant, la terre s'ouvrait et dévoilait une large vallée au centre de laquelle s'étendait une bande sombre de végétation.

— Tu vois, là-bas ? De l'eau ! Il doit y avoir une route qui se rend jusque-là.

De fait, un peu plus loin, ils virent une piste qui serpentait dans cette direction.

— Allons-y. Elle devrait aboutir au ruisseau.

— Il y a un bâtiment, là-bas, dit Ian en le pointant du doigt.

— Une maison ou une grange ?

— J'sais pas.

— Alors, on se risquera pas. Il y a encore trop de lumière. On fait mieux de se cacher dans les broussailles et de se reposer jusqu'à ce qu'il fasse noir.

Ils s'écrasèrent entre les touffes de sauge odoriférante et attendirent que la longue journée d'été s'achève. Megan sentit la fatigue gagner ses os et ses muscles, et ses paupières s'alourdirent.

« Garder les yeux ouverts. Surtout, ne pas m'endormir. Aller chercher de l'eau dans le noir, pas en plein jour. À cause des hommes et des chiens fous. »

Le ciel s'assombrit. L'étoile du berger brilla au-dessus des Rocheuses. Au loin, un coyote solitaire hurla tristement. Était-ce un chien ?

Soudain, un carré de lumière apparut et disparut. À la maison, quelqu'un avait fermé un volet. Les bras autour des genoux, Megan s'assit bien droite, observa et attendit. La lune se leva derrière eux. Presque pleine. Quelle malchance !

Lorsqu'elle fut certaine que les habitants étaient tous au lit, elle réveilla Ian.

— On va longer le côté de la route opposé

à la maison, lui expliqua-t-elle quand il fut bien réveillé. Au cas où on aurait à s'en éloigner rapidement. Pendant que je serai au ruisseau, toi, tu prends les couvertures et tu marches. T'arrêtes pas avant d'être hors de vue de la maison. C'est très important, Ian. Si t'entends du tapage, tu cours. J'te rejoindrai.

Ian acquiesça. La noirceur avait englouti sa combativité. Son visage était pâle et ses yeux ombragés par la lumière de la lune.

— O.K., dit fermement Megan, avec plus de confiance dans la voix qu'elle n'en avait réellement. Allons-y.

Ils avancèrent sans bruit le long de la route, pliés en deux afin de dissimuler leur silhouette.

Au bout d'un moment, ils purent se redresser, car un très haut remblai qui faisait obliquer la route de l'autre côté du ruisseau les cachait de son ombre.

Megan prit le bidon de Ian et lui donna sa couverture.

— Souviens-toi de ce que je t'ai dit. Reste de ce côté-ci de la route jusqu'à ce que tu sois hors de vue de la maison. Et surtout... fais pas de bruit ! lui souffla-t-elle alors que les pieds du jeune garçon faisaient rouler bruyamment les pierres dans le lit du ruisseau.

— Megan, il n'y a pas d'eau. Le ruisseau

est à sec.

— C'est pas possible. Regarde comme tout est vert autour. Allez, va.

Elle attendit qu'il ait gravi la pente avant de s'agenouiller pour remplir les contenants métalliques. Elle sentit de grosses pierres sous ses genoux. Elle mit sa main à plat au fond du ruisseau. Ian avait raison ! Un maigre filet d'eau suintait entre les roches. Tout juste assez pour humidifier ses lèvres et mouiller l'ourlet de sa jupe.

Un vent de panique souffla sur Megan. Sans eau, ils ne pourraient pas survivre longtemps. Ils pouvaient manger des sauterelles, attraper des spermophiles, mais sans eau, c'était la mort !

Elle s'effondra. La promesse qu'elle avait faite à maman allait s'éteindre dans le lit du ruisseau. Elle avait entraîné Ian dans sa quête, loin de la sécurité qu'ils auraient pu avoir à Lethbridge, et ils finiraient par périr dans les collines.

Le cristal qui pendait à son cou se balança, brillant au clair de lune comme une goutte d'eau merveilleuse. Ses doigts le serrèrent et, dans son mouvement, son regard fut attiré par quelque chose d'étrange.

La route avait été construite sur un remblai de terre et traversait le lit du ruisseau en direction de la maison. En cet endroit, la route était donc à quatre mètres au-dessus du ruisseau. Un énorme aqueduc avait été enfoui dans ce remblai pour transporter le courant du ruisseau en aval. En regardant à l'intérieur du gros tuyau, elle devrait voir la lune se refléter dans l'eau à l'autre bout. Toutefois, quand elle y jeta un œil, elle ne vit que les ténèbres.

Elle s'assit sur ses talons et réfléchit. Elle vit la silhouette de Ian, très loin, de l'autre côté du ruisseau. Elle attendit qu'il soit hors de vue, puis s'approcha de la bouche de l'aqueduc. De l'autre côté, une espèce de structure lui bloquait la vue et l'empêchait de voir le reflet de la lune sur l'eau.

Elle s'engagea dans le gros cylindre creux en poussant les bidons devant elle. L'aqueduc était très sombre et son fond était vaseux. Elle avait peur. Son souffle rendait un écho âpre, comme le bruit qu'aurait fait un animal sauvage. Lentement, elle retrouva une respiration régulière et continua de ramper. Il ne faisait plus aussi noir. Devant elle, une sorte de mur obstruait les deux tiers de la forme circulaire de l'aqueduc et, dans le dernier tiers, elle voyait le ciel étoilé. Sans y penser, elle leva la tête et se cogna sur la dure paroi métallique.

— Aïe !

Megan rampa jusqu'à l'extrémité de l'aqueduc, se leva et se frotta la tête. Maintenant, tout s'éclaircissait. Un barrage de plusieurs mètres de haut, fait de pierres et de boue, s'étendait sur toute la largeur du lit du ruisseau. Un minuscule filet d'eau coulait par-dessus le déversoir et serpentait en fil argenté vers l'aval. Derrière le barrage, il devait y avoir un bassin. Un immense bassin empli d'eau merveilleuse.

Elle regarda à gauche. Du fond du ruisseau où elle se tenait, elle ne voyait plus la maison et les bâtiments de ferme. Et elle-même se trouvait complètement cachée de la vue de tous.

Elle pensa aux chiens qui pourraient surgir et frissonna. Plus elle pensait à eux, plus il lui était impossible de faire le moindre mouvement. Mais elle se souvint que Ian l'attendait le long de la route, derrière la maison. « Plus j'attendrai, plus la lune sera haute. Bientôt, elle sera aussi grosse qu'un projecteur. Elle effacera toutes les ombres de la nuit et éclairera toutes les meilleures cachettes. Il faut que je m'active. »

Lentement, elle grimpa la rive ouest en se tapissant contre le sol. Cette rive la faisait passer dangereusement près de la maison, mais elle la rapprochait aussi de la route.

Elle serra les dents et acheva son ascension.

Splendide ! La lune se reflétait au centre du bassin en un magnifique cercle argenté. Megan se coucha sur le ventre, dévissa le bouchon du premier bidon et l'enfonça dans l'eau. Douce. Le reflet de la lune se rida et éclata en centaines de gouttes de cristal.

Elle venait juste d'enfoncer la dernière bouteille de métal sous la surface de l'eau quand la lumière s'alluma. Blanche, brillante, plus forte que la lune, elle lui arrivait dans le dos.

Sans y penser, elle regarda dans sa direction et ses yeux aux pupilles dilatées par la noirceur furent instantanément aveuglés. Elle se retourna rapidement en protégeant ses yeux de sa main. Ce faisant, le troisième bidon lui échappa. Elle tenta de le rattraper, mais ne réussit qu'à effleurer la courroie.

Elle prit les deux autres contenants et grimpa maladroitement la pente raide du remblai. La clôture qui longeait la route était neuve et les fils de fer très tendus. Elle plongea entre le deuxième et le troisième fil et sentit les barbelés se prendre dans ses cheveux et dans sa chemise.

Prisonnière, elle ne pensait qu'à une chose : les chiens de garde. Il lui semblait qu'à partir du moment où la lumière s'était allumée jusqu'à celui où elle avait entendu sa chemise se déchirer, il n'y avait eu qu'un seul instant figé dans une lumière blanche et silencieuse.

Un déclic se fit en elle et le temps redevint

réel. Elle entendit des voix d'hommes. Des cris. Elle se libéra enfin de la clôture et courut sur le chemin, les courroies des bidons bien serrées dans sa main.

Elle arriva sous le grand poteau au sommet duquel se trouvait une grappe de projecteurs. Elle avait dépassé le premier bâtiment.

— Arrêtez! Au voleur! Arrêtez!

Des voix humaines. Pas de chiens. Pas encore. Elle s'engagea sur la piste, sa jupe mouillée collant à ses jambes et ses pieds, dans ses minces chaussures de toile trempées, frappant bruyamment le sol. Elle resserra sa prise sur les courroies des bidons. «Je ne les lâcherai jamais. Jamais!» Et elle pleura la disparition du troisième contenant métallique, qui gisait maintenant au fond du réservoir.

Elle trébucha sur une pierre, glissa, chancela et retrouva son équilibre au moment où une abeille en colère frôlait son oreille. Une abeille? Au milieu de la nuit? À des centaines de kilomètres de la moindre fleur?

«Une balle de fusil», réalisa-t-elle soudainement pendant qu'elle continuait à courir à perdre haleine. «Ils me tirent dessus!»

Elle venait de dépasser le dernier bâtiment. Devant elle, son ombre dansait sur le chemin comme une marionnette folle. Une autre balle siffla tout près. Un point de côté la déchirait en deux. Elle ne sentait plus ses pieds sur le sol rocailleux. Elle courait dans un rêve. De plus en plus lentement.

Dans son imagination, les bottes de ses ennemis étaient juste derrière elle et la rejoignaient en faisant des enjambées de sept lieues. D'une seconde à l'autre, une main se poserait sur son épaule, la ferait pivoter et lui arracherait ses bidons emplis du précieux liquide.

— Non ! haleta-t-elle à travers ses dents serrées. Non !

Devant elle, la pente était de moins en moins abrupte. À sa droite, la lune éclairait la crête de la colline. Une fois le sommet passé, elle serait hors de vue. Ils ne la poursuivraient certainement pas jusque-là pour deux malheureuses bouteilles d'eau volée.

Elle sentit un choc sur son bras droit, regarda par-dessus son épaule et trébucha. C'était curieux. Il n'y avait personne derrière elle. Personne avec une main tendue pour l'attraper. Personne sur le chemin. Près du ruisseau, tout était sombre et tranquille. Les projecteurs s'éteignirent.

Elle se retourna. La lune éclairait la route comme en plein jour. Il n'y avait plus qu'une centaine de mètres à parcourir pour arriver au sommet de la butte. S'il avait fait ce qu'elle lui avait dit, Ian devait l'attendre de l'autre côté avec les couvertures.

Elle chancela. Attention! Elle était fatiguée, voilà tout. Dans une heure, ils s'arrêteraient et dormiraient. Peut-être dormiraient-ils toute la journée du lendemain pour ne repartir qu'à la fraîcheur du soir sous le doux clair de lune.

Les bidons étaient si lourds! Elle tenta de les faire glisser sur son épaule gauche, mais la main qui tenait les courroies ne voulait pas les laisser aller. Elle poursuivit son chemin en trébuchant. Elle pouvait entendre son souffle rauque et ses halètements entrer et sortir de sa bouche sèche. Elle lécha ses lèvres. «Ce serait bien de s'arrêter juste le temps de boire une gorgée, se dit-elle. Non. Pas tant que je n'ai pas rejoint Ian. On va devoir se rationner. Plus que deux bidons à présent.»

Quand elle atteignit le sommet de la butte, ses pieds entamèrent automatiquement la descente. «Je suis tellement fatiguée... mais je ne peux pas m'arrêter... Ils sont à mes trousses... j'entends leurs voix me crier d'arrêter... Je n'arrêterai pas... n'arrêterai pas...»

Elle essaya de courir, mais ses pieds semblaient être pris dans des bottes de caoutchouc remplies d'eau. Les soulever et les poser devant elle, l'un après l'autre, lui demandait tant d'énergie... plus qu'elle n'en avait...

— Megan ! Megan, arrête !

Était-ce la voix de Ian ? Ou essayaient-ils de la piéger ? De l'attraper en se faisant passer pour son frère ? Elle continua sa route.

— Megan !

Il pleurait. « Ian ! »

Elle s'arrêta et se retourna. Pas de poursuivants. Juste une petite silhouette chargée de couvertures roulées, courant vers elle sur la route éclairée par le brillant clair de lune.

— Pourquoi tu m'as pas attendu ? Tu m'as pas entendu ? Qu'est-ce qu'il y a ?

Elle secoua mollement la tête. Ses épaules montaient et descendaient alors qu'elle tentait de reprendre son souffle. Ses bras pendaient le long de son corps et les courroies étaient si serrées autour de sa main gauche que sa chair était toute enflée.

— Qu'est-ce qu'il a ? cria Ian. Megan, qu'est-ce que c'est ? lui demanda-t-il après un silence en pointant sa main droite du doigt.

L'horreur dans la voix de Ian pénétra le cocon de fatigue qui l'enveloppait. Sa main droite était marbrée d'une couleur sombre. De petites gouttes noires glissaient sur ses doigts et tombaient sur la route. Comme de la pluie. Une pluie de sang.

— Ian...

Elle voulut lui dire quoi faire, mais sa langue était si pâteuse et sa bouche si sèche... Elle fit un pas dans sa direction et sentit la route bouger, se soulever et l'entraîner dans la noirceur.

6

Pendant que Megan explorait l'aqueduc, Ian avait traversé le ruisseau. Les cordes des couvertures lui labouraient les épaules. Marcher en silence sur les petits cailloux n'était pas chose aisée. « Il est à sec ! » voulait-il lui crier.

Arrivé sur l'autre rive, il progressa silencieusement entre les plants de sauge et les graminées jusqu'à ce qu'il atteigne le sommet de la pente. D'où il était, les bâtiments de ferme n'étaient plus que des ombres floues. Seul un silo de métal brillait dans la lumière du lever de la lune.

Bien à l'abri dans les broussailles, il se demanda comment Megan s'y prendrait pour remplir les bidons dans un ruisseau si minuscule. « Bien fait pour elle s'il n'y a pas d'eau », pensa-t-il avec rancune. Mais il n'y aurait plus rien à boire. Et sans eau, ils mourraient tous les deux. Il soupira. Tout était en pagaille dans sa tête. Il savait qu'il devait y aller mollo quand il buvait, mais il ne supportait pas que Megan le rationne. Il voulait arriver sain et sauf chez oncle Greg, mais il en avait ras le bol que sa sœur lui dise quoi faire et comment le faire. Comme s'il était un enfant.

La lune se réfléchissait ronde et blanche dans... un bassin! Il vit le ruisseau qui s'y jetait et il comprit que le barrage bloquait le courant juste au-dessus de l'aqueduc qui passait sous la route.

Megan avait maintenant disparu.

Depuis que sa sœur l'avait envoyé chasser des gaufres gris avec Charlie et qu'il avait appris à son retour que maman et le bébé étaient morts, son cœur portait une pierre qui allait s'alourdissant. Si Megan disparaissait, que ferait-il? D'accord, il se dirigerait vers le sud jusqu'à ce qu'il arrive à l'autoroute, et là, il arrêterait une voiture, mais ensuite? Que ferait-il? Que deviendrait-il? Et, au fait, qui était-il? Il s'enveloppa de ses bras et gémit en silence.

Un mouvement dans les ombres et dans le reflet de la lune attira son attention. C'était Megan! Elle émergeait des ténèbres, de l'autre côté de la route, et gravissait la pente sur le flanc du barrage. «Va-t'en loin de la maison et hors de vue», lui avait-elle dit. Il ferait mieux de lui obéir sinon elle se fâcherait. Il se remit en route. L'égratignure que les crocs du chien lui avaient faite lui faisait mal et, dans sa tête, il maudit la bête.

Quand il eut dépassé le sommet de la colline, il retourna vers la route, jeta les couvertures par-dessus la clôture et passa de l'autre côté. Sans Megan, c'était plus difficile...

Comme elle le lui avait demandé, il s'assit sur les couvertures et attendit.

La nuit était mortellement calme. Le froufrou des plumes d'un hibou remua soudain l'air près de lui. La frousse de sa vie ! Les bras serrant très fort ses genoux, il s'assit bien droit, le cœur battant à tout rompre. Au loin, un coyote hurla à la lune et un confrère, puis deux, lui firent écho. Puis le silence se réinstalla. Ian frissonna. Pourquoi Megan prenait-elle tant de temps à remplir les bidons ? Et si elle ne revenait plus ?

C'était sa plus grande peur. Être seul. Papa était parti. Le temps d'une étreinte, le temps de sentir, contre sa joue, la barbe de plusieurs jours et de respirer l'odeur familière de sa sueur, et il s'en était allé. Puis, ç'avait été au tour de maman et du bébé. Dans le canal d'irrigation. Puis, celui de Charlie, tué et tranché... Et maintenant, Megan ? Il posa la tête sur ses genoux, et son cœur s'alourdit et s'alourdit encore.

Le temps s'écoula, incalculable, mais le silence fut tout à coup rompu par un son retentissant. On aurait dit le tonnerre, mais en plus court et sans le grondement.

Un vieux souvenir lui revint en mémoire.

Il était tout petit et avait entendu ce son. Peu de temps après, le fusil sur l'épaule, papa était arrivé dans la cour, le sourire aux lèvres, en balançant deux canards par les pattes.

Un coup de fusil ? C'était un coup de fusil ! Il se leva. La maison et les bâtiments étaient invisibles, mais un halo de lumière dessinait la silhouette de la colline qu'il venait de grimper.

Alors qu'il hésitait, ne sachant s'il devait courir vers sa sœur ou dans l'autre direction, Megan apparut sur la route. La lumière lui arrivait dans le dos et son ombre agitée courait au-devant de lui. Il passa les couvertures en bandoulière. Megan ralentit et zigzagua, comme si elle n'y voyait pas. Pourtant, la lune était haute dans le ciel et éclairait le sol comme en plein jour.

Elle arriva finalement à sa hauteur.

— Megan, qu'est-ce qui s'est passé ?

Son visage était de pierre, tourné vers le ciel étoilé, et elle ne le vit pas. Comme s'il n'était pas là.

— Megan, arrête !

Elle le dépassait, maintenant, au son des bidons s'entrechoquant.

— Arrête, Megan !

C'était un cauchemar. Le hibou lui avait volé son âme et il était devenu invisible aux yeux de sa sœur. Il regarda son petit corps : chemise poussiéreuse, pantalon, chaussures de toile usées. « J'existe ! » Il courut aussi vite que possible vers Megan et ses yeux se remplirent de larmes.

— Megan, arrête ! Arrête, je t'en prie !

Elle ralentit. S'arrêta. Se retourna.

Il la voyait comme derrière une vitre un jour de pluie. Il renifla et la rejoignit.

— Pourquoi tu m'as pas attendu ? Tu m'as pas entendu ? Qu'est-ce qu'il y a ?

Maintenant qu'elle était en sécurité et que le monde était revenu à la normale, la peur qu'il avait ressentie disparut et fut remplacée par une brusque colère qui flamba dans sa poitrine. Il aurait voulu la frapper. Lui donner un coup de pied dans les tibias. Pour l'avoir fait mourir de peur ! Il essuya son visage avec sa manche de chemise.

Elle chancelait, les bras ballants et les courroies des bidons serrées autour de sa main gauche. Aucun son ne franchissait ses lèvres, mais elle essayait d'articuler des mots.

— Qu'est-ce qu'il y a ? cria-t-il une fois de plus.

Puis il vit l'horreur. Un ruisselet foncé coulait le long de son bras droit et dégouttait de ses doigts, formant de petites taches noires sur la route éclairée par le clair de lune.

— Megan, qu'est-ce que c'est ? lui demanda-t-il, horrifié.

Sa bouche s'ouvrit de nouveau, mais tout ce qui en sortit fut une sorte de coassement de grenouille assoiffée. Puis, comme si quelqu'un avait coupé les fils invisibles qui la maintenaient debout, elle s'écroula à ses pieds. Il la regarda, vit le trou noir et sanglant dans son bras et son esprit se mit en mode urgence.

Il laissa tomber les couvertures et étala leur contenu à la recherche de quelque chose pouvant servir de bandage. Il trouva une chaussette propre et l'attacha aussi serré que possible. À son grand soulagement, le flot de sang diminua, puis s'arrêta complètement.

Ensuite, il essaya de redresser le corps avachi de sa sœur. Elle était lourde. Un poids mort. Il réussit à lui glisser une couverture sous la tête et la couvrit avec l'autre. Il s'écrasa à ses côtés en espérant qu'elle ouvre les yeux.

Son visage était grave, calme et plus vieux que lorsqu'elle était réveillée. Ses cils dessinaient de sombres croissants sur ses pommettes blanches. Elle ressemblait à maman, le dernier jour...

***

— Megan! Megan, réveille-toi, je t'en prie! Je ne veux pas que tu meures...

Ian pleurait et ses larmes tombaient sur le visage de sa sœur.

Tout d'abord, Megan se sentit engourdie, puis une douleur vive de l'épaule au poignet lui donna la nausée. Tout était si confortable, là-bas, dans le noir. Si elle fermait les yeux, elle replongerait dans ce bien-être...

Mais Ian était seul. Et il n'avait que dix ans. Jamais il n'était allé seul quelque part, jamais il n'avait fait quelque chose par lui-même, jamais il n'était allé à l'école et jamais il n'avait connu d'autres personnes que papa et maman. Il ne connaissait pas la méchanceté. Seul, il ne survivrait jamais.

Elle se força à garder les yeux ouverts et bougea légèrement la tête. Pas si mal. Elle lécha ses lèvres sèches.

— De l'eau...

Ce n'était qu'un coassement, mais il comprit et tint le bidon près de sa bouche. Quelques gouttes du précieux liquide s'échappèrent aux commissures de ses lèvres. Instinctivement, elle leva la main droite pour essuyer son menton, mais la douleur qui lui transperça le corps comme un fer chauffé à blanc arrêta son mouvement.

— Megan, qu'est-ce qu'on va faire ?

Elle rassembla le peu d'énergie qui lui restait.

— Est-ce que mon bras saigne encore, Ian ?

— Non. Je l'ai bandé avec une chaussette propre. J'ai bien fait ?

— C'est exactement ce qu'il fallait faire.

— Tu... tu vas pas mourir toi aussi, Megan ?

— Non, bien sûr que non. Pas maintenant que t'as stoppé l'hémorragie. Mais j'me sens pas bien et j'suis fatiguée. Tu te souviens quand t'es tombé du toit ? T'arrêtais pas de dormir. Pour moi, c'est la même chose. J'ai besoin de sommeil.

La lune descendait derrière la ligne brisée des Rocheuses. Le ciel s'éclaircissait lentement.

— J'ai dû être dans les vapes un bon bout de temps.

— Oui, un bon bout de temps, répondit le jeune garçon d'une voix chevrotante.

— Pauvre Ian ! Excuse-moi de t'avoir fait si peur.

— Qu'est-ce qu'on va faire ? lui demanda-t-il encore.

— Pour aujourd'hui, se reposer. De toute façon, l'aube approche. Ce soir, on va poursuivre notre route. Avec la lune presque pleine, on serait fous de pas voyager la nuit quand il fait frais et qu'on a moins besoin d'eau.

— Il y avait trois bidons, Megan. Il en reste juste deux.

Son misérable échec la renversa d'une vague de honte.

— J'en ai fait tomber un dans le bassin quand ils ont allumé les projecteurs. Excuse-moi, Ian.

— De toute façon, on n'en avait que deux quand on est partis de la maison.

— C'est vrai. Et j'suis sûre qu'on a plus de la moitié du chemin de parcouru.

— As-tu faim, Megan ?

Elle fit non de la tête et ses yeux se fermèrent. Elle avait soif. Son corps le criait silencieusement, mais elle ne voulait pas laisser les mots sortir de sa bouche. L'eau pouvait sauver la vie sur cette terre desséchée et il fallait la rationner. Et Ian en gaspillait tellement.

— Bois pas trop, réussit-elle à lui dire.

***

La douleur la réveilla. Une forte pulsation la secouait tout entière, comme si une locomotive roulait à fond de train dans son bras droit. Et, au-delà de cette souffrance carabinée, aussi aiguë qu'un mal de dent, une douleur lancinante la déchirait. Elle essaya de s'asseoir, mais une lame de feu s'enfonça dans ses os. « Surtout, ne pas pleurer. »

Le soleil s'était levé et la journée était déjà chaude. Megan était étourdie, nauséeuse et, à la vue de Ian mâchant un vieux bout de viande sèche, sa gorge se remplit de bile amère.

Lorsqu'il vit qu'elle était réveillée, il lui apporta un bidon. Elle but avidement l'eau fraîche et sa nausée s'évanouit.

— Tu veux quelque chose à manger ?

Elle secoua négativement la tête et frissonna.

— T'aurais dû me réveiller plus tôt. Le soleil est déjà levé.

— T'as dit que t'avais besoin de dormir. Tu te souviens pas ?

— J'ai dit ça ? Et si on marchait jusqu'à ce qu'il fasse trop chaud ?

Megan se leva lentement et sentit la route onduler sous ses pieds. Quand elle était en première année, elle avait dû rester à la maison pendant une semaine à cause d'une vilaine grippe. Elle n'avait pas été malade depuis. Et outre sa chute du toit, Ian n'avait jamais rien eu à part des maux de ventre dus à la nourriture ou à l'eau.

Elle prit une grande inspiration et reprit de l'aplomb en écartant les pieds.

— Oui. On ferait mieux de s'éloigner d'ici. Mais avant il faudrait peut-être que je change de bandage et que je mette mon bras en écharpe...

— Avec ma chemise de rechange !

Ian en arracha une manche.

— Assieds-toi, Megan.

Il dénoua délicatement la chaussette. Megan se mordit les lèvres. Chaque contact, si léger soit-il, envoyait une décharge d'éclairs dans son corps. Un caillot de sang avait aggluuné la chaussette à sa peau et Ian dut utiliser leur précieuse eau pour la décoller. Une fois l'opération terminée, elle regarda son bras. Il était rouge et enflé, mais aucune blessure n'était visible.

— Où est le trou ?

— Laisse. Tu vas te faire mal. Il est derrière.

Il enroula la manche de coton propre autour de son bras. Ensuite, avec le reste de la chemise, il lui fit une écharpe.

— Quand est-ce que t'as appris à faire ça ?

Il sourit fièrement.

— Il y avait des images dans un des livres de maman. J'aimais ça les regarder.

« Le manuel de premiers soins », se souvint Megan. Sur la tablette, au-dessus de la cuisinière électrique, il y avait l'édition 1998 du *Livre du Monde*, la Bible, quelques vieux livres de poche et le manuel illustré de premiers soins.

Le nouveau bandage était frais et confortable, mais son bras était lourd et sans vie dans son écharpe.

— J'me sens mieux, Ian. Merci.

Elle lui sourit, mais ne lui dit pas ce qu'elle pensait : s'il y avait un trou dans son bras, c'est que la balle s'y logeait. Ce petit bout de métal allait-il lui empoisonner le sang ? Le cas échéant, combien de temps tiendrait-elle ? Longtemps auparavant, ils avaient eu des médicaments. Elle se souvint qu'un jour, papa s'était égratigné le bras sur un barbelé. Inquiète, maman avait appliqué sur sa plaie des compresses d'eau chaude et d'herbes. Mais quelles herbes avait-elle utilisées ?

Ian roulait les couvertures. Il les passa en bandoulière et prit les bidons.

— Hé ! tu peux pas transporter tout ça !

— Sûr que j'peux.

Il se mit en route et laissa Megan le suivre à son propre rythme.

Lorsque ses pieds furent réhabitués à la marche, tout se passa assez bien. Elle faisait attention de ne pas faire tressauter son corps, car, au moindre heurt, la douleur courait dans son bras et elle se sentait aussitôt faible et nauséeuse. Elle laissa son esprit dériver et ses pieds suivre la route poussiéreuse.

Quand Ian s'arrêta pour l'attendre, elle se cogna contre lui.

— Quoi? Quoi? Qu'est-ce qu'il y a?

— La route commence à monter à partir d'ici, Megan. Pas beaucoup, mais... bon, t'as dit qu'on devait se reposer le jour et voyager la nuit.

— J'ai dit ça? Bonne idée. Il nous faut de l'ombre.

Mais de l'ombre, il n'y en avait nulle part. Au-delà des fossés remplis de sable, des clôtures brisées auxquelles s'accrochaient de squelettiques buissons d'amarante s'étendaient à perte de vue. À droite, la terre montait doucement, alors qu'à gauche, elle s'inclinait. Nulle verdure nulle part. Rien. Que des touffes épineuses d'herbe fauve et des buissons de sauge argentée.

— On pourrait peut-être mettre une des couvertures au fond du fossé et étendre l'autre au-dessus en la retenant avec des pierres pour faire une sorte de tente.

La voix de Ian manquait de confiance, comme s'il avait peur qu'elle rie de lui.

— Bonne idée ! Peux-tu t'en charger, Ian ?

— Certain. Repose-toi.

Reconnaissante, Megan s'assit sur le sol et regarda avec stupéfaction son jeune frère s'activer, pelleter le sable du fossé à l'aide du chaudron et, finalement, étendre une couverture au fond du trou.

— Viens. Mets-toi à ton aise pendant que j'installe le toit au-dessus de ta tête.

L'ombre qu'offrait la tente improvisée était un cadeau. L'air y circulait assez librement et, dans ce désert d'aridité et de chaleur, ce petit carré d'ombre faisait figure d'oasis.

Megan ferma les yeux et se rendit à peine compte que Ian se glissait dans l'abri et s'allongeait à ses côtés. Elle sombra dans le sommeil, mais se réveilla sporadiquement, vaguement consciente de la petite mare de sueur qui s'amassait dans le creux de sa clavicule et de la pulsation dans son bras qui semblait vouloir imiter le rythme des sauterelles.

Elle se réveilla au coucher du soleil en sentant Ian ramper hors de la tente. Elle repoussa la couverture qui leur servait de toit et s'assit bien droite. Ian lui offrit une lanière de viande de gaufre gris. Son ventre vide criait famine, mais sa bouche était trop sèche pour avaler quoi que ce soit. Elle but une goulée à son bidon. Comme il était léger! Elle le secoua. Plus que quelques gorgées. Elle devrait se rationner davantage. Mais avec tout le sang et la sueur qu'elle avait perdus dans son état fiévreux, son corps avait besoin de cette eau.

Ian roula et attacha les couvertures.

— Peux-tu transporter ce bidon?

Il lui tendait l'autre contenant, plus lourd, presque plein.

— Mais... protesta Megan.

— C'est correct. J'en ai pas besoin autant que toi.

Elle le regarda, le voyant vraiment pour la première fois depuis la fusillade. Ses joues étaient creuses et, sous ses yeux, des cernes noirs assombrissaient son visage.

— Oui, Ian. Autant que moi. Sans eau, tu seras malade. Allez. Prends-en une bonne gorgée pendant que j'te regarde.

Il tint le bidon sur ses lèvres.

— Allez, Ian. J'suis pas stupide. Ta gorge bouge pas. Avale, j'te dis.

Il but, revissa fermement le bouchon et lui rendit le contenant de métal avec un sourire penaud. Elle glissa la courroie sur son épaule gauche et se leva avec précaution.

— O.K. Allons-y.

Les teintes cramoisies du coucher de soleil avaient pâli et le ciel de l'ouest avait revêtu un dégradé de bleus, allant du plus pâle à l'horizon jusqu'au plus sombre dans la voûte céleste. La route s'étendait devant eux et, de chaque côté, la terre était vide, aride et silencieuse. Après avoir grimpé la pente douce, le sol descendait pendant des kilomètres. Ils voyaient loin devant eux, mais rien, dans cette triste étendue, n'attirait leur regard.

La lune se leva. La route décrivait maintenant un grand cercle vers le sud et contournait une petite colline. Les poteaux de clôture couraient le long de la route, comme gravés à l'eau-forte dans ce paysage sévère baigné d'ombres

Le clair de lune transformait la terre en une planète imaginaire, irréelle, en un lieu onirique. Sous les pieds de Megan, la route sablonneuse semblait se rider comme la surface d'un lac. Dans son délire, elle imagina qu'elle marchait le long du lit d'une rivière, un affluent coulant jusqu'au grand bassin hydrographique des rivières du Vieil Homme, du Château et du

Nid-de-Corneille. Toute cette eau descendant en trombe des montagnes...

« Si l'eau devient plus profonde, je me noie », pensa-t-elle. La terreur la gagna et elle tenta de se faire grande, encore plus grande en gardant le menton haut. Quand elle était très petite, papa lui avait montré à nager dans le canal d'irrigation. En y repensant, elle se mit à faire des mouvements de natation avec son bras gauche. C'était si difficile de nager d'un seul bras, et ce satané bidon qui la gênait dans ses mouvements ! Elle le fit glisser de son épaule et le laissa tomber... dans le fond de la rivière. Merveilleux ! Comme ça, elle pouvait garder sa tête hors de l'eau sans problème.

— Megan ! Megan !

Ian. Sa voix en colère lui parvenait. Elle entendait ses pieds rebrousser chemin et fouler rudement la route. Elle continua de marcher... de nager... de descendre vers la grande rivière où elle trouverait les chutes...

Soudain, elle trébucha et tomba la tête la première. Ian avait déposé les couvertures en plein milieu de la route et elle s'était pris les pieds dedans. La douleur lui lacéra le corps. Elle hurla et resta étendue sur le sol, les yeux clos. Puis sa souffrance s'en fut et elle ne bougea plus. C'était si doux. Tout était si doux...

Ian était de nouveau à côté d'elle.

— Megan, t'as fait tomber ton bidon. Comment t'as pu être si maladroite ?

— Pas important, dit-elle d'une voix pâteuse. Y en a des rivières et des rivières pleines.

Elle gloussa.

— Qu'est-ce que tu racontes ?

Il était fâché, mais sa voix laissait poindre un soupçon de panique.

— Peux-tu marcher encore un peu ?

— C'est bien, ici, dit-elle en se pelotonnant sur les couvertures.

— Mais on peut pas rester ici ! s'écria-t-il. Faut continuer. Trouver de l'eau avant le matin. Peut-être qu'on va rencontrer des bonnes personnes qui vont s'occuper de toi.

Son innocence la ramena à la réalité. Elle eut de la difficulté à se rasseoir.

— J'te défends de penser ça, Ian. Tu sais comment ça se passe. T'as vu ! Des tueurs avec leurs chiens. Avec leurs fusils. Fais confiance à personne. Compris ?

Il maugréa.

— Quoi ? Je t'ai pas entendu.

— O.K. Je t'obéis si tu te lèves et si tu marches. J'peux pas vous transporter, toi et les couvertures.

— Personne te l'a demandé.

Elle s'agenouilla. Se mit sur ses pieds. Oscilla.

— Oups! gloussa-t-elle.

— Je t'aiderais si je pouvais, Megan, dit-il, au bord des larmes.

— Je vais très bien. Allez, viens, petit pleurnicheur.

Elle se mit en route. Maintenant au-dessus de son épaule droite, la lune imprimait son ombre en mouvance de l'autre côté de la clôture. Une compagne de voyage. Qui était-ce? Sûrement pas papa. Il était parti au moment où ils avaient le plus besoin de lui. Non, cette compagne de nuit devait être maman. Maman était avec elle. Elle était d'accord : sa grande fille agissait avec beaucoup de maturité en conduisant Ian vers l'ouest. « C'est encore la meilleure chose à faire, hein, maman? Amener Ian jusqu'aux chutes? Jusqu'à oncle Greg? »

De l'eau cascadant, tombant, tombant, tombant par-dessus le roc, des gouttes de cristal prises dans un arc-en-ciel, ruisselant sur la verdure sortant des fissures de la paroi rocheuse.

Sa main gauche se déplaça vers son cou pour se poser sur sa goutte de cristal. Elle s'arrêta net. Elle n'était plus là. Elle l'avait perdue.

Une promesse brisée. Son amulette. Maintenant, elle en était sûre, ils ne se rendraient jamais.

— Maman... maman... murmura-t-elle. Qu'est-ce qu'on va faire ?

L'ombre changea soudain de visage. Elle se métamorphosa en Mike Faucon des Prairies, la conduisant de plus en plus près du précipice à bisons... Elle se transforma ensuite en chien de garde aux babines retroussées et aux poils hérissés... Puis devint l'homme au fusil dont les balles-abeilles bourdonnaient bruyamment dans ses oreilles...

Megan se mit à courir à toute vitesse dans toutes les directions, mais l'ombre ennemie ne la lâchait pas d'une semelle...

— Megan ! Megan, arrête !

La voix de Ian lui arrivait de très loin derrière elle. Comment pouvait-elle être si loin devant lui ? Elle tenta de le mettre en garde contre les ombres dangereuses, mais sa langue semblait avoir pris des proportions impossibles et emplissait sa bouche en empêchant les mots de sortir.

Elle s'affala sur le sol.

***

— Megan ! Megan ! Lève-toi !

Même en criant aussi fort que le lui permettait sa crainte de voir arriver un survivaliste, il ne réussit pas à la réveiller.

Lorsqu'il eut la certitude qu'elle ne bougerait pas, il l'installa le plus confortablement possible, plaça l'un des bidons près de sa tête pour qu'elle le voie si elle se réveillait, et se mit en route.

Au début, il eut très peur, mais plus il avançait, plus il constatait que l'action valait mieux que l'inaction. Tout en marchant aussi vite que ses petites jambes le lui permettaient, il organisa son plan d'attaque.

Il atteignit une ferme et s'en approcha avec prudence. Le toit était solide et les fenêtres intactes. Aucune lumière n'était visible. La lune était descendue de ses hauteurs et les étoiles avaient pâli, mais on était encore loin du lever de soleil. Les habitants dormaient probablement tous à poings fermés. Il s'assit dans l'ombre de la barrière et observa. L'attente fut pénible. Il ne pouvait s'empêcher de penser à Megan, couchée sur la route. Et si elle se réveillait et partait à la dérive ? Il planta ses ongles dans ses paumes et essaya de ne plus penser à ce qui se passerait si...

Quand, enfin, un coq rompit le silence d'un retentissant et triomphant cocorico, il aurait pu lui-même hurler de joie. Il entendit le faible chevrotement des chèvres et le gloussement des poules au sortir du sommeil. Il vit de la fumée s'échapper de la cheminée. Une porte moustiquaire claqua quelque part derrière la maison et une silhouette féminine s'engagea dans le sentier des toilettes extérieures.

Une fois la porte des toilettes refermée, Ian grimpa par-dessus la barrière et contourna la maison à pas de souris. Il n'y avait pas de chien en vue et la femme ne portait pas de fusil. Quand elle reviendrait, elle le trouverait tranquillement assis sur les marches de la véranda. Il n'avait que dix ans. Elle n'aurait sûrement pas peur de lui. Il aurait alors la chance de s'expliquer et de demander de l'aide. Il attendit.

***

— Megan ! Megan !

Quelqu'un soulevait son bras gauche et le secouait. Plus tard, il lui sembla qu'on la transportait. Ou peut-être volait-elle ? S'était-elle changée en oiseau ? Non. Elle rebondissait, un oiseau ne rebondissait pas. La douleur s'empara de son corps et elle cria. Plus tard, un bras d'homme la soutint. Elle pensa que c'était Mike et se retrouva aussitôt sur le bord du précipice. Elle tenta de se dégager, mais une douce voix de femme la calma.

— Là, là. Pauvre enfant ! Dépose-la, Mitch.

Une main douce sur son front brûlant.

— Maman ! Maman, c'est toi ? T'es pas morte ?

Les yeux de Megan s'ouvrirent. Elle était étendue dans une pièce sombre. Il y avait des rideaux aux fenêtres. Trois silhouettes se penchaient sur elle. Qui ? Ian, bien sûr. Maman ? Papa ? Elle avait réussi. Ils étaient à la maison, en sécurité, tous ensemble. Tout cela n'avait été qu'un mauvais rêve. Elle laissa retomber ses paupières et sombra dans la douceur du lit de plumes.

**

Son bras était une locomotive à vapeur. Brûlant. Énorme. Comme le traversin dans le lit de maman et de papa.

— Le couteau est propre, Mitch ?

— Oui, Sadie. Je l'ai fait bouillir pendant dix minutes, comme tu me l'as dit.

— Alors, tiens-la bien.

La souffrance était atroce, monstrueuse, comme si un animal la lacérait. Elle s'entendait crier, sentait ses jambes donner des coups, essayant d'échapper à cette insoutenable douleur.

Puis, entre deux cris, deux respirations, elle

entendit un petit bruit métallique résonner sur le plancher.

— Là. La balle est sortie. J'pense pas que l'os soit cassé, mais c'est dur à dire.

— Son bras est très enflé, Sadie.

— On va l'envelopper avec un bon cataplasme d'orge. Après, t'iras gratter la moisissure sur la vieille selle. On la mettra sur un linge mouillé et on l'appliquera sur la plaie.

La locomotive dans son bras s'était arrêtée. Megan sentit qu'on lui ôtait ses vêtements trempés de sueur. Un linge humide se promena sur son corps chaud. Un drap frais et doux, à l'odeur de vent et de sauge, la couvrit. Elle soupira et se sentit glisser vers le sommeil. Un instant. Elle avait quelque chose à faire...

— Ian ?

Elle ouvrit les yeux et fronça les sourcils. Où était-il ?

— J'suis ici, Megan. Tout va bien. Il n'y a rien à craindre.

« Mais nous sommes avec des étrangers », s'inquiéta-t-elle.

— J'te l'ai dit... fais pas confiance... aux étrangers...

7

Des étrangers ! C'est ainsi que Megan les avait appelés pour le prévenir du danger. «Amusant», pensa Ian en engouffrant des œufs frits et des gâteaux d'orge. Il avait l'impression qu'il connaissait Sadie et Mitch depuis toujours. Surtout Mitch qui le traitait comme un homme.

— Qu'est-ce qu'on fait, aujourd'hui, Mitch ?

Le vieil homme repoussa son chapeau trempé de sueur de son front tacheté de son.

— Bien, ça fait un petit bout de temps que j'pense à construire un poulailler plus solide. Ces maudits coyotes deviennent de plus en plus coquins. J'ai encore vu leurs empreintes, ce matin, dans la cour. C'est un travail pour deux. Ça te dit de me donner un coup de main ?

— Certain.

Ian vida son verre de lait de chèvre d'un trait et, avec son dernier bout de pain, racla le jaune d'œuf et la graisse au fond de son assiette. C'était extraordinaire de pouvoir manger de la vraie nourriture. Sadie savait ce dont un homme avait besoin. Pas comme Megan qui le nourrissait de gaufres gris, de baies et de mauvaises herbes. Depuis qu'ils étaient arrivés ici, la vieille dame le faisait manger trois fois par jour sans compter les goûters entre les repas. Il en voyait déjà le résultat. Ses côtes ne saillaient plus et ses bras commençaient à se muscler. De vrais muscles.

— Prêt, fiston ?

Les deux mains dans l'eau de vaisselle, Sadie se retourna.

— Oublie pas ton chapeau, Ian, lui dit-elle en souriant.

— Non, m'dame.

Il enfonça son chapeau sur sa tête et, tout fier, sortit rejoindre Mitch.

Ils travaillèrent tout l'avant-midi. Ian tenait les planches pendant que Mitch les sciait, et le jeune garçon passait les clous au vieil homme lorsque celui-ci en avait besoin. La sueur dégoulinait dans ses yeux, mais il ne lâcha pas tant que Mitch ne l'en avertit pas. Pendant l'après-midi cuisant, ils se reposèrent dans la fraîcheur de la maison. Sadie et Mitch ronflèrent dans leurs fauteuils pendant qu'il errait dans le salon, admirant les bibelots de porcelaine et de verre qui avaient appartenu à la grand-mère de Sadie. Après le souper, ils se remirent au travail. En deux jours, ils achevèrent le nouveau poulailler.

— Tellement solide que seule une charge de bison pourrait le déplacer. J'aurais pas pu le faire sans toi, mon garçon.

Tellement mieux que des mercis.

— Qu'est-ce que tu veux que je fasse pour t'aider, maintenant, Mitch ?

Mitch fit mine de repousser son chapeau vers l'arrière, même s'il ne le portait pas.

— Peut-être qu'on pourrait travailler à construire un meilleur enclos pour les chèvres. J'te l'ai dit, ces maudits coyotes...

Toutefois, leur vie n'était pas que travail. Durant les douces soirées de la fin de l'été, quand le soleil rouge sang se couchait derrière les Rocheuses, ils s'assoyaient sur la véranda et regardaient, au nord, la terre vallonnée qui avait jadis été le ranch d'élevage de Sadie et de Mitch. Sadie se berçait et reprisait pendant que Mitch enseignait à Ian comment aiguiser un couteau et comment tailler des branches de saule. Avant longtemps, Ian sculpta un flûtiau dont les sons étaient assez stridents pour appeler Charlie... Si seulement Charlie...

Il courut rejoindre Megan, toujours en convalescence dans le lit de la chambre d'amis, et souffla un bon coup dans son flûtiau.

— Aïe ! cria-t-elle en couvrant son oreille de sa bonne main et en enfouissant l'autre dans son oreiller. C'est assez fort, merci.

— Mitch va me montrer des mélodies. Attends de les entendre.

— J'suis pas pressée.

Elle lui sourit. Les rougeurs de la fièvre avaient quitté son visage et elle avait maintenant l'air pâle et fatiguée.

— T'es gentil?

— Certain. J'aide autour de la maison. Mitch dit qu'il pourrait pas tout faire sans moi.

Cette remarque lui fit froncer les sourcils.

— Peut-être, mais il va devoir se passer de toi. Aussitôt que j'suis remise, on se remet en route.

— Mais...

— Pas de mais. Tu sais qu'on peut pas rester ici éternellement. Faut qu'on aille chez oncle Greg.

Oncle Greg! Elle n'arrêtait pas de parler de lui, comme si se rendre chez lui était la chose la plus importante du monde. Elle ne savait même pas à quoi il ressemblait, comment il était. Peut-être était-il méchant? Alors que Mitch... Il retourna à la cuisine. Le vieil homme était assis dans la grande berceuse et s'éventait avec son chapeau. Sadie se tenait devant le poêle à bois et cuisinait un plat au fumet exquis qui se répandait dans la pièce, chatouillait les narines du jeune garçon et le mettait en appétit. Il saliva. Il était affamé.

Partir. Pourquoi Megan voulait-elle partir ? Il refoula ses soucis, s'assit sur le vieux tapis aux pieds de Mitch, appuya sa tête sur lui et se sentit réconforté par son odeur masculine de sueur et de terre. « Je ne partirai jamais d'ici, se dit-il. Jamais. »

***

Seule dans la petite chambre d'amis à la literie et aux draperies blanches, Megan se tournait et se retournait sur son oreiller. Elle devait guérir rapidement et ils devaient repartir au plus tôt. Ce qu'il faisait chaud !

L'air affairée, souriante, Sadie entra avec une bassine d'eau fraîche pour laver la convalescente et une soupe au poulet pour lui redonner des forces. Au-delà des murs de la chambre, en bruit de fond continu, Megan entendait la voix aiguë de Ian et les grommellements bas de Mitch. Elle n'avait vu Mitch qu'une seule fois lorsqu'il s'était placé dans l'ouverture de la porte, le chapeau à la main, et qu'il lui avait dit : « Prends le temps qu'il faut pour guérir et te fais pas de mauvais sang pour ton frère. Je veille sur lui. »

Comme Sadie, il avait la peau couleur

sable, tannée par le soleil. Ses mains et ses bras étaient tachés de points foncés. Toutefois, les cheveux de Mitch étaient clairsemés tandis que ceux de Sadie étaient épais et longs, attachés en chignon sur sa nuque.

« Te fais pas de mauvais sang », avait-il dit. Mais comment pouvait-elle s'en empêcher ? Elle était blessée et alitée pendant que Ian courait dans la maison et vidait leur garde-manger — elle aurait pu en jurer ! —, et que les jours passaient sans qu'ils ne se rapprochent de Lundbreck et d'oncle Greg.

— Vous êtes trop gentille, dit-elle à Sadie. J'sais pas comment on pourra vous le rendre. On n'a même plus de poules à vous donner.

— J'veux pas entendre parler de dette ou de remboursement. C'est seulement du bon voisinage. Comme le bon Samaritain qui ramasse l'homme blessé au bord du chemin, le transporte à l'auberge et prend soin de lui. C'est le devoir d'une créature de Dieu. C'est tout.

— Ceux qu'on a rencontrés pensaient pas comme toi, Sadie.

— Les survivalistes ? grogna-t-elle. Je les appelle les « premiéristes ». Ce qui veut dire qu'ils ne croient pas en Dieu et veulent seulement « être les premiers ». Ils prennent toute la nourriture et l'eau, et envoient promener le reste de l'humanité. À mon avis, ces gens ont été mal élevés.

— Pourquoi restent-ils ici au lieu d'aller sur la côte ?

— Ils disent que sur la côte, c'est le fouillis à cause des inondations. Drôle, non ? On n'a pas une goutte de pluie du début à la fin de l'année et eux, là-bas, ils ont plus d'eau qu'il n'en faut. Et je parle pas du niveau de la mer qui monte chaque année. Mais ces fous de survivalistes ont encore plus peur de la bombe que de la température. J'imagine qu'ils se croient plus en sécurité ici où il y a moins de gens pour les déranger. Ça va ?

— Oui, merci, Sadie.

— Bon, bien, j'te laisse dormir.

— Sadie ?

— Oui, ma chérie.

— Quand est-ce que je vais être assez forte pour voyager ?

— Chaque chose en son temps. Pour le moment, t'as besoin de repos !

***

Le repos. Elle en avait assez de se reposer. Elle ne faisait que manger et dormir et avait des fourmis dans les jambes. Elle supplia qu'on la laisse se lever. Ils lui permirent de s'asseoir dans une berceuse de la cuisine. C'était certainement plus intéressant que de compter les fissures du plafond de la chambre d'amis.

— Mitch a dit que toute l'étendue de terre au nord d'ici leur avait appartenu, lui dit Ian.

— J'imagine qu'elle nous appartient encore, répliqua Mitch en repoussant son chapeau invisible. On a élevé du bétail et irrigué toute la plaine alluviale pour y faire pousser du foin.

— On faisait une bonne vie, dans ce temps-là, avec nos enfants, quatre garçons et deux filles, enchaîna Sadie. Mais même à cette époque-là, ils ont choisi d'aller dans les villes plutôt que de cultiver la terre. Tous à l'exception de Dinny. Il s'est acheté une propriété dans la vallée de l'Okanagan. Il a bien réussi. Apparemment, son aîné a pris la relève. On n'a pas eu de nouvelles depuis très longtemps. D'aucun d'entre eux !

— C'est affreux, dit Megan.

Un souvenir douloureux remonta à la surface. L'hiver interminable avant que le bébé naisse, ils avaient attendu que papa revienne ou que, tout au moins, il leur fasse parvenir une lettre par un voyageur. Ce qu'il y avait dans les yeux de Sadie en ce moment était exactement ce qu'elle avait lu dans le regard de maman alors que les jours passaient, que la noirceur de janvier se faisait plus lourde et que le hurlement du vent les rendait à moitié fous.

— Pas moyen de recevoir du courrier, ici, ajouta Mitch. La dernière fois qu'on a reçu une lettre, c'était par un couple qui arrivait de l'ouest. Dinny nous disait d'aller en Colombie-Britannique et de nous installer dans une maison pour retraités.

— Dans le temps, il y a dix ans, ça nous le disait pas, hein, Mitch ?

— Non, et ça nous le dit toujours pas. On a encore une bonne source et les chèvres et les poules nous fournissent de quoi manger. Ma femme a un potager. On est bien, ici. Le secret, c'est de prendre à la terre juste ce dont on a besoin et de lui rendre ce qu'elle nous a donné. Le respect. C'est ce qu'on doit avoir pour la terre. Du respect.

— Qu'est-ce que tu veux dire, Mitch ? La terre est là et c'est tout, non ?

Ian avait l'air heureux, plus heureux qu'il ne l'avait été depuis des années, pelotonné contre les genoux osseux de Mitch. Megan eut un pincement au cœur. Elle avait fait tout qu'elle avait pu pour Ian, mais cet homme avait désormais pris toute l'importance. Elle balaya d'un coup l'horrible jalousie qui montait en elle et essaya de se concentrer sur la conversation.

Mitch secoua la tête. Une fois de plus, il repoussa son chapeau invisible sur son crâne.

— Les autochtones pensaient que les rivières allaient couler pour toujours. Mais on a débarqué et on a construit des barrages sur les rivières du Vieil Homme, du Nid-de-Corneille et du Château. On s'est ingérés dans la nature. On voulait plus d'eau pour l'irrigation. Plus de foin. Plus de betteraves. Plus de bétail. Évidemment, ça nous a pris plus d'irrigation et, bientôt, tout l'engrais enfoui dans le sol a commencé à remonter à la surface...

— Comme un péché oublié, ajouta Sadie. Comme la marque de Caïn.

— On a vu des terres alcalines, passé les collines du Porc-Épic, dit Megan.

— Et voilà! Des fois, c'est naturel, comme plus loin vers l'est, apparemment, mais pour le reste, tout est de notre faute. L'appât du gain et l'accaparement. Les seules et uniques causes. Et c'est pas la première fois dans l'histoire de l'humanité.

— Comme pendant la crise? demanda Megan. J'me souviens, il y a longtemps, quand la température a commencé à tout bouleverser, les gens en parlaient comme d'une catastrophe aussi pire que ce que leurs grands-parents leur avaient raconté sur la crise.

— Non, j'pense à plus loin en arrière. Il y a des milliers et des milliers d'années. Je l'ai lu dans un livre. Il y avait une région, un peu comme l'ouest canadien, où, disaient-ils, poussait le meilleur blé du monde. Cette région était prise entre deux fleuves, le Tigre et l'Euphrate, comme on le serait ici entre les rivières du Vieil Homme et du Nid-de-Corneille. Dans ce temps-là, les prêtres voyaient à tout...

— Comme le gouvernement, interrompit Sadie.

— Ils regardaient les étoiles, annonçaient aux fermiers que le temps des semences était venu et, au moment désigné, ouvraient les vannes des canaux d'irrigation comme ils l'avaient appris des prêtres avant eux. Tout se faisait dans l'ordre, tu vois ?

— Qu'est-ce qui a mal tourné ? demanda Megan.

— À mon avis, les gens se sont mis à penser et à se dire que s'ils arrosaient leurs terres un peu plus tard dans l'année, ils pourraient avoir deux récoltes. C'était un pays très ensoleillé. Ils ont cessé d'écouter les prêtres et ont irrigué leurs terres deux fois l'an. Bientôt, le sel a remonté à la surface et la culture du blé est devenue impossible. Ils se sont donc tournés vers l'orge. L'orge peut pousser dans une terre saline, mais le blé ne la tolère pas. Évidemment, après un certain temps, l'orge a aussi cessé de pousser. Et la terre s'est mise à sécher et le vent à souffler... Aujourd'hui, cette région autrefois magnifique est un désert de sable.

— Comme ici...

— ... si on n'agit pas rapidement.

— C'est pas déjà trop tard ? demanda Megan. Tout le monde est parti. À part des survivalistes, on n'a rencontré personne sur les routes.

— C'est une bonne chose qu'ils soient partis. Finis l'appât du gain et l'accaparement. Peut-être que la terre va guérir si on la laisse en paix.

« Je me le demande, pensa Megan. Le vent souffle et la pluie ne tombe pas. Est-ce qu'elle peut vraiment guérir dans ces conditions ? »

Cette nuit-là, dans son lit de plumes, Megan fixa le plafond. Les rideaux virevoltaient au vent et la lumière de la lune faisait danser des formes et des ombres autour de la pièce. Les bisons, se souvint-elle, avaient brouté les prairies pendant des milliers d'années. Tout n'avait pas été emporté par le vent ou par un quelconque désastre naturel. Les sauterelles n'étaient pas arrivées en nuées noires avec l'idée de tout détruire. Qu'est-ce qui n'avait pas fonctionné quand les hommes blancs avaient débarqué dans l'Ouest ?

Mitch avait parlé des premiers défricheurs qui avaient commencé à labourer la terre pour y semer du blé. Labourer : ouvrir et retourner la terre. Le mot était plus fort qu'on pouvait le croire. Peut-être avaient-ils justement ouvert et retourné la terre comme un corps qu'on transperce et qu'on vide de ses entrailles ? Peut-être l'avaient-ils ouverte et retournée jusqu'à ce qu'elle n'ait plus assez de ressources pour revenir à la vie ? Peut-être que la terre était en train de mourir et que rien ne pouvait la sauver ?

— Ian, dors-tu ?

— Hum...

— Te souviens-tu du temps où la terre était différente ?

— Hum... différente... comment ?

— Différente de maintenant. Du sable, de la sauge et de l'amarante.

— La terre a toujours été comme ça, non ? dit-il, presque endormi.

Megan fixa le plafond.

***

Trois jours plus tard, Sadie lui ôta son bandage. Deux horribles petites cicatrices ridées lui rappelèrent sa rencontre avec les survivalistes.

— Vous avez été extraordinaires et j'oublierai jamais votre bonté, dit-elle à Sadie. Mais on devrait déjà être repartis.

— Pourquoi ? Es-tu si pressée ? Tant que je serai en vie, je m'occuperai des étrangers dans le besoin. Et Mitch pense la même chose que moi, Dieu merci.

— C'est juste que... on mange votre nourriture, on boit votre eau. Et comme vous en avez juste assez pour deux... Et qu'en plus, Ian a de l'appétit pour deux...

— Béni soit ce jeune garçon à la dent creuse ! C'est un plaisir de le voir manger. Il doit prendre du poids. J'veux surtout pas te critiquer, ma chérie, mais il est sous-alimenté.

Megan rougit.

— J'sais. Mais vers la fin, il n'y avait plus rien à manger à la maison. On se nourrissait de gaufres gris et de mauvaises herbes.

— Dieu nous garde ! Qu'on se demande pas pourquoi le petit a juste la peau et les os !

— Sadie, t'as un jardin maintenant, et les poules pondent, mais quand l'hiver viendra... Non, on doit partir avant l'hiver.

— J'sais pas, dit Sadie en secouant la tête. Mitch s'est pris d'affection pour ton frère. À

l'heure qu'il est, ils sont en train de débrous-
sailler le ruisseau.

— J'espère que Ian a mis son chapeau.

Megan était confuse et troublée que Ian ait
si vite adopté Mitch.

— C'est sûr qu'il y a le trou dans la couche
d'ozone, mais rassure-toi. Tant que Mitch est
avec le petit, rien ne peut lui arriver. Irais-tu
ramasser les œufs pour moi, ma chérie ?

Dehors, dans la chaleur miroitante, Megan
plissa des yeux et regarda autour d'elle. Elle se
sentait pâle et faible après ce long enferme-
ment. Qu'il y ait ou non un trou dans le ciel,
les rayons du soleil étaient agréables sur sa
peau. Elle ôta le crochet de la porte du nouveau poulailler. Son plafond était fait de
planches espacées. Le soleil qui y entrait dessinait des bandes égales sur le sol.

De retour à la maison avec son panier plein
d'œufs, Megan prit un bougeoir et descendit les
marches de bois rude qui menaient au cellier
sous la cuisine. L'endroit était extraordinaire-
ment frais et le plancher de terre battue sentait
bon l'humidité. Elle tint la bougie haute et
examina l'espace de rangement.

Il y avait des coffres pleins de sable où
Sadie devait conserver les pommes de terre, les
carottes et les navets pour l'hiver, ainsi que des

tablettes où elle devait ranger ses conserves de légumes. Toutefois, les bocaux hermétiques étaient maintenant vides et poussiéreux. Dans le plafond étaient plantés de gros crochets auxquels ne pendait qu'une seule tresse d'oignons desséchés.

Sur le mur du fond, Mitch avait façonné une tablette de pierre où Sadie gardait le lait, le beurre, le fromage et les œufs. Il n'y avait plus qu'un œuf dans le plat. Megan le mit de côté et y déposa les huit œufs qu'elle avait ramassés. Neuf en tout. « Qu'arrivera-t-il, l'hiver venu, quand les jours seront froids et sombres et que les poules ne pondront plus ? » se demanda-t-elle.

Sur le plancher, dans un seau rempli de saumure — maman en avait eu un exactement pareil — il y avait juste assez d'œufs pour couvrir le fond. Chaque matin pour le déjeuner, Sadie leur en donnait deux chacun et même plus s'ils en redemandaient. Ce que Ian faisait toujours.

Elle se mordit les lèvres et regarda le cellier une dernière fois avant de remonter avec le panier, de souffler la bougie et de se rendre jusqu'aux rives du ruisseau pour couper du fourrage pour les chèvres. « Elles mangeraient tout jusqu'à la racine si on les laissait en liberté, avait dit Sadie. Et il y a ces fichus coyotes... »

Les chèvres étaient attachées à l'ombre et nourries à la main de jeunes branches. Sadie et Mitch les gardaient ainsi en santé et elles donnaient beaucoup de lait pour le beurre et le fromage. Mais produisaient-elles suffisamment pour deux bouches de plus ?

***

Quand le ruisseau fut nettoyé de toutes les broussailles qui gênaient sa course, Ian aida Mitch à transporter de l'eau jusqu'au potager. Le nettoyage du ruisseau l'avait amusé, à mi-mollets dans l'eau fraîche, ses jeans roulés jusqu'aux genoux. Ils avaient consolidé une rive faible avec des pierres et enlevé les branches et la végétation déracinée que le courant avait apportées. Mais transporter de l'eau était une autre paire de manches.

— Pourquoi on creuse pas un canal à partir du ruisseau ? Ce serait bien plus facile.

Mitch se redressa et repoussa son chapeau.

— Si on faisait ce que tu dis, le soleil évaporerait l'eau du canal et la terre sèche la boirait. On en perdrait plus de cette façon-là. Verser l'eau autour des plants est peut-être ennuyant et fastidieux, j'te l'accorde, mais au moins, on n'en perd pas une goutte.

— Mais c'est long !

— T'es si pressé que ça ? On a toute la journée devant nous.

Ian réfléchit à ce que Mitch venait de dire alors qu'il remontait la pente du ruisseau avec un autre seau d'eau, en faisant attention de ne pas en renverser.

— Mais t'as creusé des canaux jusqu'à tes champs d'orge, non ?

— Oui. Je les ouvre au printemps quand le ruisseau est plein de l'eau de la fonte des neiges et j'en laisse passer juste assez pour aider les pousses à sortir de terre. Après ça, la nature suit son cours. L'orge est importante pour nous, fiston. Elle nous donne du pain et du gruau, des grains pour les poules et du foin pour nourrir les chèvres. C'est pour ça que j'ai irrigué mes champs. Des fois, quand on est chanceux, il pleut.

Mitch regarda pensivement le ciel sans nuage, sa longue gorge maigre sortant comme un cou de poulet de sa chemise de coton.

— Vraiment ? De la pluie ? demanda Ian en regardant le ciel, imitant la posture du vieil homme, les mains sur ses hanches.

— Il pleuvra bientôt, j'en suis sûr.

***

La pluie arriva trois jours plus tard. Ils coururent tous dans la cour et laissèrent l'eau du ciel mouiller leurs vêtements. Le sol s'assombrit au contact des grosses gouttes. Les poulets coururent de long en large dans la cour en battant des ailes et en secouant leurs plumes. Un peu d'eau de pluie coula même sur le toit en pente jusque dans le baril sous la gouttière.

Dix minutes plus tard, l'ondée était finie.

— Il y a encore des nuages, là-bas, dit Ian en les pointant du doigt.

Mitch plissa les yeux et secoua la tête.

— Des vides qui s'en retournent, soupira-t-il.

— Qu'est-ce que ça veut dire, Mitch ?

Ian cessa sa danse de la pluie autour de la cour et fixa Mitch avec ce regard de dévotion qui commençait à taper sur les nerfs de Megan.

— C'est ce que les gens disaient dans les années 30, dans les grandes années de misère. Pour tout le reste du monde, c'était la crise, mais pour nous, dans les Prairies, c'étaient les Sales Années Trente[4]. Sur les rails du Canadien Pacifique, les wagons à grain s'arrêtaient dans les petites villes aux silos fièrement dressés, mais pleins de promesses vaines, et devaient retourner vides jusqu'à la pointe des

---

4. N.D.T. Dirty Thirties, jeu de sonorités intraduisible.

Grands Lacs. «Les vides s'en retournent », que les gens disaient. Une année de sueur, une année d'espoir, une année de privation... Et les nuages que tu vois là-bas sont pareils. Pleins de promesses vaines.

***

Tout le temps que Megan avait été malade, Ian avait dormi dans le petit salon. Maintenant, il avait un lit gigogne à côté du sien, dans la chambre d'amis. Cette nuit-là, après que Sadie les eut embrassés et fut sortie en leur rappelant de faire leur prière, Megan s'assit dans son lit. Elle ralluma la bougie sur sa table de chevet.

— Faut qu'on se parle.

— De quoi ? J'suis fatigué. On a travaillé comme des ânes à nettoyer le ruisseau et à transporter de l'eau. Mitch dit que...

— Ouais, j'en suis sûre, mais écoute-moi. Faut penser à s'en aller.

— Restons ici.

— Il n'y a pas beaucoup de légumes dans le potager, Ian. Ni de poules dans le poulailler ou de chèvres dans l'enclos. Juste assez pour deux personnes âgées avec un appétit d'oiseau. Ce matin, j'suis descendue dans le cellier. Il n'y a presque plus rien. J'pense qu'ils se sont arrangés pour avoir assez de nourriture pour tenir tout l'hiver et le printemps, mais ils n'en ont sûrement pas assez pour deux personnes de plus. Surtout quand l'une d'elles est un garçon en pleine croissance avec une dent creuse.

— Je vais aider Mitch. Il dit que j'suis déjà aussi utile qu'un homme engagé. Quand j'aurai grandi encore un peu, il dit que...

— C'est de l'hiver prochain dont j'ai peur. On mange leurs réserves, Ian. Faut continuer, trouver notre place à nous. Faire notre propre chemin.

La pièce était silencieuse. Un coyote gémit. Megan frissonna au son de cette plainte solitaire.

— Est-ce que tu m'écoutes, Ian ?

— Humm...

Elle souffla la bougie et s'étendit sur son lit, regardant les ombres mouvantes des rideaux au plafond. Dans la noirceur, elle entendit Ian renifler.

— Qu'est-ce que t'as ?

— J'veux pas partir.

— J'comprends.

— Non, tu comprends pas, dit-il dans un murmure chargé de colère. Tu comprends rien du tout. Mitch est comme papa, mais en mieux.

Il me fait sentir important. Il a dit qu'il n'aurait pas pu finir le poulailler sans moi. Et on planifie de faire un nouvel enclos pour les chèvres. J'ai jamais compté pour personne. Pas une fois dans ma vie. J'ai toujours été dans les jambes de quelqu'un. Avec Mitch, c'est différent.

— Tu comptes beaucoup, Ian Dougal. T'as toujours compté. Tu sais comment maman t'aimait. Et moi... J'sais que j'suis un peu impatiente, des fois, mais ça veut rien dire.

— Mais j'aime Mitch.

Là. Le chat était sorti du sac. Ce qu'elle avait redouté, ce qui l'avait tourmentée avait été prononcé. «Prends soin de ton frère», lui avait dit maman avant de mourir. Et elle avait promis; s'était inquiétée; avait planifié; avait essayé de faire ce qu'il fallait. Et Ian s'éprenait de la première personne décente qui se présentait, comme s'il n'avait jamais eu une famille qui s'était inquiétée, avait planifié pour lui et l'avait aimé à la folie. «J'aime Mitch», avait-il dit.

Le silence s'étira. Megan prit une grande inspiration.

— D'accord. Mais si t'aimes vraiment Mitch, tu vas devoir penser à son avenir autant qu'au tien. La vérité, c'est qu'il n'y a pas assez de nourriture et d'eau pour quatre personnes. Pense à ça. O.K. ?

Puis elle se retourna et enfouit sa tête dans son oreiller.

8

Ian se réveilla avec la sensation que quelque chose ne tournait pas rond. Le soleil filtrait entre les rideaux et, dans la cour, les poules gloussaient paresseusement. En s'étirant, il se souvint du plan de Megan. Il devait agir vite. Il se glissa silencieusement hors du lit, s'habilla et se lava le visage dans la cuvette posée sur la commode. Ensuite, sur la pointe des pieds, il se dirigea vers la porte. Megan soupira et roula sur le côté. Ian resta figé, la main sur la poignée. Quand la respiration de sa sœur redevint régulière, il sortit et referma sans bruit derrière lui.

— Dieu du ciel, t'es levé tôt ! As-tu lavé ton visage ?

— Oui, m'dame.

— Viens ici que j'te démêle la tignasse.

Sadie lui coiffa les cheveux avec une brosse qu'elle tira du gros buffet.

— Bon. C'est beaucoup mieux, dit-elle en l'embrassant sur la tête.

Ian enfouit son visage dans sa robe de

coton et la serra très fort.

— Mon Dieu, que me vaut l'honneur ?

— Rien de spécial. Où est Mitch ?

— Derrière la maison. J'crois qu'il répare quelque chose.

— Je vais aller l'aider.

Et il sortit en coup de vent.

— Oublie pas ton chapeau !

La voix de Sadie parvint faiblement aux oreilles de Ian, mais il n'en tint pas compte. Il courut jusqu'à la lisière du champ où se tenait Mitch, un épi d'orge à la main.

— Qu'est-ce que tu fais, Mitch ?

— Je vérifie si le grain est assez mûr. Les vents qui arrivent par la passe là-bas, entre les montagnes, sont féroces. J'aimerais moissonner avant le prochain coup de tabac.

— J'peux t'aider pour la coupe et le battage. Tu vas avoir besoin d'un solide coup de main.

— Bien, là...

Mitch repoussa son chapeau et regarda le jeune garçon. Ian remarqua que les yeux bleus du vieillard étaient voilés par l'âge et que les contours de ses iris étaient rougis par la poussière et le soleil. Toutefois, cela ne les empêchait pas de pétiller.

— Es-tu en train de m'offrir de devenir mon homme à tout faire, par hasard?

Ian acquiesça vigoureusement.

— Sincèrement, fiston, j'crois que tu devrais être à l'école.

— J'y suis jamais allé.

Mitch désapprouva.

— À Lundbreck, il y en aura sûrement une.

— J'veux pas y aller! J'veux rester avec toi!

Ian se colla contre le vieil homme, respira sa sueur et écouta son cœur résonner dans sa poitrine osseuse. Mitch lui ébouriffa les cheveux de sa main rude.

— M'oblige pas à m'en aller!

— Je t'aime bien, fiston, il n'y a pas de doute là-dessus, mais laissons les choses aller et voyons comment le vent va tourner.

«Megan va le faire tourner plus tôt que tu ne le crois, voulut l'avertir Ian. Mais je ne la laisserai pas faire.»

Sitôt le déjeuner servi, Megan fit part à Mitch et à Sadie de ses intentions.

— On doit repartir. Vous avez été très bons pour nous. Vous m'avez sauvé la vie, dit-elle d'une voix brisée par l'émotion. Et vous nous avez traités comme des membres de votre famille.

— Mais vous l'êtes, mes chéris, lui répondit Sadie.

— Mitch veut que je reste, interrompit Ian. Je vais l'aider à moissonner l'orge. Il y a beaucoup à faire : la coupe, le battage et...

— Le vannage, ajouta Mitch. Le petit pourrait me donner un sérieux coup de main, Sadie.

— Qu'est-ce que tu connais à tout ça, Ian Dougal ? lança Megan d'un air furieux. T'as jamais fait la moisson de ta vie !

Elle se tourna vers Mitch.

— Ian est trop jeune, Mitch. Il peut pas subvenir à ses besoins. En plus, il mange autant que vous deux ensemble.

— C'est parce qu'il doit reprendre le temps perdu, intervint Sadie.

— Parlez pas de moi comme si j'étais pas là ! cria Ian. J'veux rester avec Mitch et il est d'accord. À part ça, si tu tiens tant à retrouver oncle Greg, pourquoi tu continues pas toute seule, Megan Dougal ?

— Ah ! Ça, j'suis pas sûre...

— Bon, bon, bon, on ne s'emporte pas, on reste calmes ! dirent les deux vieux.

— Tu sais que j'peux pas te laisser ici, Ian. J'suis responsable de toi.

— J'en ai assez que tu me dises toujours quoi faire. J'veux rester avec Mitch !

— Qu'est-ce que t'en penses, Sadie ? lui demanda son mari en repoussant son chapeau invisible.

— Bien...

Megan regarda Sadie, puis l'assiette posée devant la vieille femme. Elle n'avait pas mangé d'œuf et n'avait pris qu'une tranche de pain d'orge.

— On doit y aller, dit calmement Megan. Vous le savez. Vous comprenez.

Sadie soupira et opina.

— C'est pour le mieux, Mitch, crois-moi.

Ian repoussa violemment sa chaise.

— Je vous déteste ! Je vous déteste tous, mais surtout toi, Megan Dougal !

Il sortit en courant, laissant la porte moustiquaire se refermer bruyamment derrière lui.

— Peut-être que je ferais mieux de... dit Mitch en se levant.

— Laisse-le se calmer un petit brin avant. Il est trop fâché pour écouter qui que ce soit. En attendant, dessine-leur donc une carte de la route jusqu'à Lundbreck. Pendant ce temps-là, je vais leur préparer des vivres pour le voyage.

— On en a déjà tellement abusé... Vous

êtes pas obligés de...

— Personne ne partira d'ici les mains vides, ma petite. Les gaufres gris et les mauvaises herbes sont bons pour les barbares. Combien de temps vont-ils mettre, Mitch ?

— À mon avis, moins de deux jours.

— Je vais leur en donner plus. Au cas où. En passant, il y a du papier dans le tiroir du buffet.

Mitch s'assit à la table avec une feuille de papier jauni et un bout de crayon.

— J'suis pas très bon en dessin, mais voilà le chemin à suivre pour se rendre à Lundbreck.

Megan le regarda tracer la carte. Elle remarqua ses cheveux clairsemés, son cou décharné et ses épaules osseuses. Il était frêle.

— Pourquoi vous venez pas avec nous ? Sadie, qu'est-ce que t'en penses ? Viendrais-tu ? T'aurais plus à travailler si fort. On prendrait soin de vous.

Sadie promena lentement son regard autour de la cuisine. Ensuite, par la fenêtre, elle regarda le potager, le ruisseau, les champs et les collines arides au loin.

— Je pourrais pas quitter notre terre, ma chérie. Je le supporterais pas. Mais peux-tu faire quelque chose pour moi, par exemple ?

— Oui, Sadie. N'importe quoi.

— Je vais te donner une lettre pour mon fils. Prends-la avec toi jusqu'à Lundbreck. Quand tu y seras installée, fais-la suivre par quelqu'un qui se dirige vers la Terre des Pêches.

— Promis.

— Et si Lundbreck vous plaît pas... ou si quelque chose est arrivé à votre oncle, j'sais pas, n'importe quoi, vous êtes toujours les bienvenus ici.

— Oh! Sadie...

— Bon. Je ferais mieux de me mettre à mes fourneaux. Tu veux partir demain matin, j'imagine?

— Oui, à la première heure. Avant qu'il fasse trop chaud.

— Je vais parler au jeune homme, dit Mitch en se levant. Tiens, voilà ta carte.

Megan la plia et la mit dans la poche de sa jupe. Elle remercia le vieil homme des yeux et il sortit.

— J'peux pas vous laisser partir, dit Sadie après que la porte moustiquaire eut claqué derrière son mari.

— Je t'en prie, Sadie, non. C'est pas seulement parce que vous avez pas assez de nourriture qu'on s'en va, mais aussi parce que Ian a besoin de voir des jeunes de son âge. Il doit aller à l'école.

Il y eut un silence.

— Je vais m'ennuyer de toi, Sadie.

***

Ian était couché sous les chalefs argentés au bord du ruisseau et sanglotait. Mitch posa ses fesses à côté de lui et caressa maladroitement sa petite épaule. Un faucon tournoya lentement dans un courant ascendant. Le vieil homme l'observa. Une fois ses larmes séchées, Ian roula sur le côté et s'assit. Mitch passa un bras osseux autour des épaules du jeune garçon et, ensemble, ils épièrent le faucon. Tout d'un coup, le rapace plongea vers le sol et remonta aussi vite qu'il était descendu.

— Il doit avoir attrapé un spermophile.

— Je voudrais être libre. Comme cet oiseau. Je voudrais que personne ne m'oblige à aller nulle part. Surtout pas une fille.

Mitch frotta sa barbe de quelques jours.

— Ce faucon est pas aussi libre qu'on le croit. C'est trompeur. Il vole parce qu'il a faim, parce qu'il doit chasser pour se nourrir. Il peut pas planer à sa guise. Il doit suivre le vent, tu vois ?

— Ouais, dit Ian sans grand enthousiasme.

Il essuya son nez sur sa manche de chemise.

— Pêches-tu dans le ruisseau, Mitch ?

— Avant, oui, maintenant, non. Il n'y a plus rien à prendre, ici.

— Penses-tu que la pêche est bonne, là-bas ? lui demanda-t-il en donnant un coup de tête vers l'ouest.

— À Lundbreck ? Certainement. L'eau doit être encore froide et propre, dans ce coin-là. Je vais te dire une chose, fiston. J'ai une vieille canne à pêche dans la remise. Aimerais-tu l'emporter ? Tu pourrais peut-être même taquiner le poisson en chemin.

— T'es sérieux ? dit Ian, tout sourire. C'est Megan qui va être surprise.

— On va la chercher ?

Mitch déplia son long corps et hissa Ian sur ses pieds. Ils marchèrent vers la maison comme deux amis silencieux.

***

Megan se réveilla avant le lever du soleil et tira Ian du sommeil en lui secouant doucement une épaule. Sadie était déjà dans la cuisine et leur préparait à déjeuner. Ils mangèrent en silence. Après le repas, Megan remplit les bidons.

Sadie lui donna les balluchons de nourriture et Megan les enroula tant bien que mal dans sa couverture. Ensuite, elle souleva le gros ballot et l'accrocha sur son épaule gauche. Lorsqu'elle glissa les bidons sur l'autre épaule, elle ne put retenir une grimace. Son bras droit était encore très raide et ses muscles atrophiés par le manque d'exercice lui faisaient mal. «Je suis en superforme, se convainquit-elle. Et Ian n'a jamais eu l'air aussi bien.» Elle le regarda nouer la corde autour de sa couverture. Ses joues étaient pleines et il était presque potelé. Il n'avait plus du tout l'air d'un oisillon aux traits tirés.

Elle hésita sur le pas de la porte, ne sachant pas comment faire ses adieux. Un dilemme semblable se posait à elle chaque fois qu'elle enlevait ses pansements. Soit elle tirait très vite et vivait une seconde de supplice, soit elle imbibait le bandage et le décollait petit à petit, sachant très bien qu'à la toute fin viendrait un instant où la douleur serait atroce.

Sadie l'aida.

— Voici la lettre pour mon fils. Mets-la en lieu sûr. Dieu du ciel, tu penses pas partir sans chapeau ?

— Mais j'en ai pas...

Sadie prit le chapeau de paille pendu au crochet sur le bord de la porte, l'enfonça sur la tête de Megan et en profita pour l'embrasser.

— Là. Allez. En route, vous deux. Et que Dieu vous bénisse !

— Au revoir, Sadie. Au revoir, Mitch. Merci pour tout. Je vais m'assurer que votre lettre se rende chez votre fils. On reviendra vous voir. À tout de suite, Ian.

Elle tourna les talons et passa résolument la porte, laissant Ian à ses déchirants au revoir.

Elle suivit les indications de Mitch et marcha vers l'ouest jusqu'à ce qu'elle rencontre une route qui descendait vers le sud. Elle déposa sa couverture et s'assit pour attendre Ian. De petites collines rondes cachaient l'horizon. Ici et là, poussaient des buissons de sauge vert doré. Du sable s'accumulait autour des longues graminées. Dans le ciel bleu de l'ouest, quelques petits nuages couraient à toute allure. «Les vides s'en retournent», avait dit Mitch.

«Seules les personnes fortes peuvent survivre sur cette terre désertique», pensa-t-elle. Ils en avaient rencontré deux types depuis les collines du Porc-Épic. Les survivalistes avec leurs armes et leurs chiens. Et Mitch et Sadie avec leur respect et leur générosité. Oncle Greg serait-il comme Mitch ? Ou comme les autres ? Grâce à leur oncle, Ian et elle pouvaient espérer joindre la communauté de

Lundbreck. Mais les habitants voudraient-ils d'eux?

Elle jeta un coup d'œil vers l'est et, dans un nuage de poussière jaune, Ian lui apparut. Il se traînait les pieds. Dans quel état seraient ses souliers? Elle regarda les siens. Les empeignes de toile étaient fendues sur les côtés et, au bout, le caoutchouc s'effritait. Quant aux semelles, elles étaient lisses comme du verre. Lorsqu'elle marchait sur un sol rocailleux, Megan sentait chacun des petits cailloux sous ses pieds. Pourraient-ils se procurer de nouvelles chaussures à Lundbreck? Et si oui, devraient-ils les acheter?

Elle se releva. La douleur qu'elle ressentit aux genoux et aux cuisses la surprit. Elle repassa son barda en bandoulière et accueillit Ian avec un sourire. Il avait les yeux rouges et le visage enflé, mais elle n'y prêta pas attention.

— T'étais pas obligée de m'attendre. Je t'aurais rejointe.

— J'avais pas le choix. D'après la carte de Mitch, faut laisser la route. On traverse les terres vers l'ouest et, dans un kilomètre, on tombe sur un chemin. T'es prêt?

— Ouais.

— Alors, allons-y, dit-elle d'une voix faussement enjouée.

Dès qu'ils quittèrent la route, la marche devint plus ardue. Ils devaient contourner les touffes d'herbe drue et éviter de se prendre les pieds dans les racines tordues d'armoise et les trous de spermophiles. Ils descendirent dans le lit d'un ruisseau à sec, le franchirent et remontèrent la pente douce de l'autre côté.

Durant la courte ascension, Megan grimaça de douleur. Ses jambes la faisaient souffrir. Elle réalisa que, pendant sa convalescence, les travaux qu'elle avait exécutés autour de la ferme n'avaient été qu'une piètre préparation en vue de leur excursion vers l'ouest.

Quand ils ressortirent du lit du ruisseau, ils eurent du mal à repérer le chemin. Il n'était balisé d'aucune façon et le sable le recouvrait presque entièrement. Toutefois, il se dirigeait bien vers l'ouest et les montagnes.

Ils gravirent une petite colline et, de là, tel un serpent vert glissant dans un désert, ils aperçurent la rivière du Vieil Homme. De l'autre côté du cours d'eau s'étendait une immense plaine de sable et, au-delà de cette triste étendue, les Rocheuses se dressaient, fières et majestueuses.

Megan sortit la carte et l'étendit.

— Regarde, Ian. On n'est plus très loin, maintenant. On a presque réussi.

Il ne lui répondit pas. Son visage n'était plus rouge et enflé, mais sous l'ombre de son chapeau de coton, son regard était inquiet. «Après tout, il a perdu son père, sa mère, son chien et son ami Mitch. Je ne peux pas le blâmer.»

«Et moi, là-dedans? se lamenta une petite voix. Moi aussi, j'ai perdu papa et maman. Et Sadie. On n'était peut-être pas aussi liées que Mitch et Ian, mais, toutes les deux, on comprenait ce que signifiait un garde-manger vide.»

— Allez. On y va. On descend jusqu'à la rivière, on boit un bon coup et on se repose jusqu'en début de soirée.

La route qu'ils empruntèrent se terminait soudainement, comme si elle avait été effacée avec une gomme. Aucune pancarte n'indiquait la maison de ferme à laquelle elle avait dû mener.

Sur la pente abrupte où ils se tenaient, quelques jeunes plants de chalefs argentés et d'amélanchiers de Saskatoon dépérissaient de chaleur. Tout en bas, la rivière suivait son cours entre les bancs de sable.

— D'après Mitch, il y avait un barrage, ici. À cette époque, l'eau montait jusqu'en haut du ravin. Imagine, toute cette vallée remplie d'eau.

— Où est passée l'eau ? demanda Ian.

— J'imagine que quand les terres se sont asséchées, ils en ont eu besoin et ont ouvert les vannes.

— Une chance, parce que sinon, faudrait traverser à la nage, et j'sais pas nager.

— Reposons-nous, Ian. J'suis crevée.

Megan déposa son bagage avec un soupir de soulagement. Elle s'étendit sur la pente recouverte de sable brûlant, posa la tête sur sa couverture et mit le vieux chapeau de paille de Sadie sur son visage.

— On peut se permettre quelques petites gorgées d'eau, hein, Megan ?

— Certainement. Il y en a une rivière pleine en bas, dit-elle d'une voix traînante et ensommeillée.

Ses yeux se fermèrent. «Une petite sieste ne me fera pas de mal...»

***

Au-dessus des montagnes, le soleil du soir dardait ses rayons directement dans ses yeux. Elle se réveilla en sursaut et se redressa sur son séant. Ian n'était pas auprès d'elle et n'était nulle part en vue.

— Ian !

Elle se leva. Son cœur battait à tout rompre. Elle scruta les environs.

Ouf ! Il était là. En bas, près de l'eau. Elle l'appela de nouveau. Il se retourna, lui fit un signe de la main et remonta en courant vers elle.

— Qu'est-ce que tu faisais là ?

— Je pêchais.

— Avec quoi ?

— Mitch m'a donné une petite canne à pêche.

— As-tu attrapé quelque chose ? Il me semble qu'un bon poisson frais...

— Oublie ça. Ils sont pas bons, dit-il, dégoûté. Quand je les ai ouverts, ils étaient pleins de vers.

— L'eau doit être trop chaude pour eux.

— Mitch dit qu'à Lundbreck, l'eau est froide. Là-bas, je vais en prendre du bon. En attendant, on regarde ce que Sadie nous a préparé ? Elle en a mis plein. J'ai vu. Assez pour le dîner et pour le souper.

— Ou le goûter du soir, dit Megan en se souvenant d'un rituel des soirées de son enfance : une collation composée d'œufs durs et de tartines de beurre et de confiture de merises de Virginie.

Ian s'installa sur la pente aux pieds de sa sœur. Il enleva son chapeau et le vent souleva ses fins cheveux blond roux. Megan les ébouriffa du bout des doigts. Ils étaient trempés de sueur.

— Remets-moi ça sur ta tête, t'entends?

— Oui, m'dame, lui répondit-il avec un sourire effronté, remettant du coup son couvre-chef.

À la grande surprise de Megan, il y avait des œufs durs dans le balluchon. Ils les dégustèrent avec des tranches de pain d'orge beurrées et arrosèrent le tout de grandes rasades d'eau fraîche. Quand ils eurent achevé leur repas, ils descendirent remplir leurs bidons à la rivière.

— Déchausse-toi avant de traverser. Si tu marches dans des souliers mouillés, tu vas avoir des ampoules, l'avertit Megan.

— Oui, m'dame.

— Et arrête-moi ces «Oui, m'dame» par-ci et ces «Oui, m'dame» par-là! T'es en train de me rendre folle!

— Mitch m'a dit que je devais te traiter avec respect et écouter ce que tu dis.

— Parfait. Mais appelle-moi Megan, ça me suffit.

Ils traversèrent le cours d'eau tiède, sautant de banc de sable en banc de sable. Le niveau de la rivière ne dépassait jamais la hauteur des mollets de Ian et son courant était faible. Dans l'ombre, les poissons abasourdis par la chaleur nageaient languissamment. Ian n'avait certainement pas eu de mal à les faire mordre à l'hameçon.

Ils se séchèrent les pieds et remirent leurs souliers. Lorsqu'ils eurent remonté la pente abrupte du côté ouest de la rivière, ils constatèrent à quel point la terre était dévastée. Ce qui avait été une plaine fertile n'était plus qu'un désert balayé par le vent et sur lequel plus rien ne poussait.

Ce paysage était le plus désolant qu'ils avaient vu depuis leur départ de la ferme. Auparavant, il y avait toujours eu un peu de sauge, de chiendent ou quelques plants de chardon coincés dans les buissons d'amarante, mais là, dans cette plaine, il n'y avait rien du tout.

— Pourquoi est-ce si horrible ? murmura Megan, le souffle coupé.

— Mitch dit que...

Malgré sa consternation devant la terre brûlée, Megan ne put s'empêcher de sourire aux paroles de son frère. « Je fais mieux de m'habituer, pensa-t-elle. Je vais l'entendre plus souvent qu'à mon tour. »

— Mitch dit qu'avant, cette plaine était irriguée et rassemblait quelques-unes des meilleures terres à blé de la province.

« La terre labourée, ouverte et retournée, pensa Megan. C'est à ça que ressemble la mort. » Elle frissonna.

— Viens. Faut trouver la route.

Même s'il n'y avait ni trous, ni racines d'armoise, la marche n'était pas aisée. Parfois, le sable tassé par le vent était aussi dur que la route. D'autre fois, il était fin et mou et leurs chaussures s'y enfonçaient profondément, comme s'ils avaient marché dans de la boue.

Ian avait retrouvé son moral, sa bonne humeur et son énergie. Il marchait avec entrain pendant que, loin derrière, Megan clopinait sur ses jambes fatiguées. Sa couverture semblait s'alourdir de minute en minute, mais elle ne pouvait pas la changer d'épaule comme elle l'aurait fait avant son accident. Même si la plaie avait bien guéri et se passait maintenant de bandage, Sadie l'avait avertie de ne pas forcer son bras inutilement.

— Hé! Megan, regarde. C'est bizarre, non? dit Ian quand elle l'eut rejoint.

Il se tenait juste à côté d'une large bande de sable dont la texture était lisse et frémissante.

— À ton avis, c'est quoi, Megan?

— J'sais pas. Ça ressemble à une rivière. Une rivière de sable.

Le sens des mots qu'elle venait de prononcer se concrétisa au moment où Ian...

— Non ! Ça pourrait être...

Trop tard ! Ian avait franchi la moitié de la petite rivière et y pataugeait déjà.

— C'est très mou. Regarde, mes pieds s'enfoncent.

— Reviens ici tout de suite, Ian Dougal !

Ian voulut revenir vers Megan, mais tomba à genoux. Il tenta de se relever à l'aide de ses mains, mais celles-ci s'enfoncèrent jusqu'aux coudes dans le sable mouvant. Avec peine, il réussit à dégager ses avant-bras et se mit à crier, paniqué, car ses jambes disparaissaient lentement sous la surface.

— Arrête de te débattre, Ian ! Écoute-moi. Peux-tu décrocher la couverture de ton épaule ? Allez. T'es capable. C'est bon ! Maintenant, pousse-la devant toi et tiens-la bien. C'est ça. Allonge-toi le plus possible.

— Megan, je coule !

— Mais non, tu coules pas, idiot ! Écoute-moi et tout va bien aller. Faut que tu bouges tes jambes, comme si tu nageais.

— Mais j'sais pas nager.

— Fais ce que j'te dis. Bats des jambes et remue ton corps.

Pendant qu'elle parlait, Megan s'était débarrassée de son barda et s'était approchée du bord de la rivière de sable.

Ian était maintenant sur le ventre. L'avant de ses cuisses et de ses jambes était sous la surface. Ses bras étaient tendus devant lui et ses mains serraient fort la couverture roulée. Il bougeait les jambes et le corps, mais il restait sur place. Chaque fois qu'il pliait les genoux, il s'enfonçait un peu plus.

— Megan !

Elle restait plantée là, incapable de penser, incapable de faire quoi que ce soit.

« Il va se fatiguer, paniquer et se débattre encore plus. Tôt ou tard, le reste de son corps va disparaître sous la surface. Je ne peux pas le regarder mourir sans rien faire ! »

Elle entendit la voix de maman dans sa tête.

Prends bien soin de Ian, ma chérie. Tu me le promets ?

« Je te le promets, maman. Mais qu'est-ce qu'il faut que je fasse ? Oh ! Aide-moi ! Je ne sais pas... »

La voix parla calmement.

Oui, tu sais. Utilise la corde autour de ta couverture pour le rejoindre.

La corde ! Bien sûr ! Megan s'agenouilla. Ses doigts raides défirent les nœuds. Elle en attacha un bout à sa ceinture et lança l'autre à Ian. Il tomba à un mètre du jeune garçon, qui le vit et se débattit pour l'attraper. Au même moment, ses chaussures disparurent complètement sous la surface.

— Non ! Ne bouge pas ! lui cria-t-elle.

La corde était assez longue, mais n'avait pas suffisamment de poids. Du poids. Il lui fallait quelque chose de lourd à attacher au bout de la corde. Une pierre ! Ses yeux scrutèrent le sol. « Trop petite... Trop lisse... Trop fine... » Elle trouva finalement une roche assez longue et assez large pour soutenir un nœud coulant.

— Ian, je vais te lancer une pierre autour de laquelle j'ai noué la corde. Elle devrait atterrir près de ta tête. Ne bouge surtout pas. Et... t'inquiète pas s'il faut que je m'y reprenne à quelques reprises.

Sans y penser, Megan prit la roche dans sa main droite et la lança. Elle tomba très loin de son but et la douleur qu'elle ressentit dans le bras lui rappela pourquoi. « Idiote ! Utilise ta main gauche. »

Mais elle n'arrivait pas à lancer. Elle se sentait maladroite et faible. « Allez. T'es capable. Tu dois le faire », s'encouragea-t-elle.

Elle serra les dents, dégagea son bras gauche vers l'arrière, visa et lança. La pierre fendit l'air et atterrit sur la couverture, à côté de la tête de Ian.

Megan essuya ses mains moites sur son visage et lécha ses lèvres sèches.

— O.K., Ian, dit-elle en essayant de dissimuler sa panique. Tire la corde vers toi et défais le nœud coulant. Es-tu capable ?

Elle ne pouvait pas voir. Entre eux, l'air vibrait de chaleur. Elle frotta ses yeux voilés par la sueur de l'effort.

— O.K., je l'ai. Qu'est-ce que je fais, maintenant, Megan ?

— Glisse le bout de la corde sous la courroie de ta couverture et sors-en une bonne longueur de l'autre côté. Et ne bouge pas le reste de ton corps, je t'en prie !

— Excuse-moi, dit-il, au bord des larmes. O.K., c'est fait.

— Maintenant, fais un nœud de chaise.

— J'sais pas comment...

— Oui, tu le sais. J'te l'ai déjà montré.

— J'me souviens plus ! dit-il d'une voix rendue aiguë par la panique.

Megan s'accroupit au bord des sables mouvants.

— Oui, tu te souviens. Je vais t'aider. Ça va aller. Tu commences par tordre un bout de la corde, puis tu le passes dans le trou du gaufre gris...

— Ouais !

— L'autre bout de la corde est le gaufre gris. Il sort de son trou, tourne autour de la corde...

— Il me voit et retourne dans son trou ! acheva Ian d'une voix triomphante.

— Bravo ! Maintenant, donne un petit coup sec pour voir s'il est solide.

— O.K., Megan. Il tient.

— Génial. Maintenant, agrippe-toi à ta couverture et ne la lâche surtout pas. Je vais te sortir de là.

Elle se releva, enroula la corde deux fois autour de ses mains et recula jusqu'à ce qu'elle soit bien tendue. Elle se pencha ensuite vers l'arrière. Du sable fin s'échappa de la corde alors que celle-ci vibrait sous la tension.

« Dieu du ciel, faites qu'elle tienne bon », implora Megan.

Elle tira de toutes ses forces. Rien ne bougea. La corde craqua et ses mains enflèrent et rougirent sous la pression. Elle l'enroula une autre fois et se pencha de nouveau en arrière. Ses talons creusèrent des trous dans la terre sablonneuse.

Était-ce un mouvement ? Le nœud se défaisait-il ?

— Ian, essaie de donner des coups de jambe sur le côté, comme une grenouille. Tu te souviens comment les grenouilles nagent ?

Il bougeait ! Les talons de ses chaussures émergèrent. Megan s'inclina davantage vers l'arrière. La sueur coulait sur son visage et dans son cou. Les mollets et les cuisses de Ian apparurent.

— Maintenant, redresse tes jambes et fais la planche, lui cria-t-elle.

Elle recula. Recula encore...

Ian glissait maintenant sur la surface, ridant le sable onctueux. La couverture cogna la terre ferme et Megan en accusa le coup dans ses bras et ses épaules. Elle lâcha la corde et tira son frère par-dessus la couverture. En lieu sûr. Elle le serra dans ses bras et le berça.

— Megan, j'peux plus respirer.

Elle le lâcha.

— Pourquoi tu pleures ?

— Je pleure ?

Elle s'essuya sur la manche de sa chemise et rit nerveusement.

— J'imagine que j'suis juste très contente de revoir ta face de rat.

— Moi aussi, dit-il en sautant sur ses pieds.

Maintenant que le danger était écarté, c'était comme si rien ne s'était passé. Ian se pencha vers les sables mouvants.

— Peux-tu croire ça, Megan ?

— Ôte-toi de là, Ian Dougal, ou j'te fais la peau !

Elle n'avait qu'à regarder la mixture maudite pour avoir des visions d'horreur. Comment s'était-elle formée ? Il y avait très longtemps, un ravin s'était empli de sable très fin et, au fil des ans et des pluies, il en avait résulté cette trappe de la mort, camouflée en inoffensive petite rivière de sable crémeux. Mort par noyade... dans un ravin empli de sable !

Malgré la chaleur, elle fut prise de tremblements. Elle envia à Ian sa capacité à oublier ce qui venait d'arriver et à vivre l'instant présent. Elle roula leurs deux couvertures ensemble et utilisa l'autre corde pour s'attacher à son frère, qu'elle obligea à marcher à sa hauteur.

« Et si... Et si... Et si... » pensait-elle sans arrêt. Ce cauchemar la hanta jusqu'au soir.

La carte de Mitch leur indiquait d'aller vers l'ouest, mais la rivière de sable formait une barrière infranchissable entre eux et la route à rejoindre. À plusieurs reprises, Megan tenta la traversée, mais le sable s'ouvrit chaque fois sous ses pieds.

Lorsque le soleil entama sa descente derrière les Rocheuses, elle commença à s'inquiéter. Il ferait bientôt noir et, dans l'obscurité, il leur serait impossible de distinguer les sables durs des mouvants. L'idée de passer la nuit dans cette plaine ne la réjouissait pas. Il n'y avait aucun combustible. Et les coyotes rôdaient.

Comme en écho à ses peurs, elle entendit un long hurlement. Et un autre. Et un troisième. Ils lui semblaient beaucoup plus forts que ceux qu'elle avait entendus les nuits précédentes chez Mitch et Sadie.

— Ils ont rôdé par ici, dit Ian en brisant le sinistre silence.

— Qui ?

— Les coyotes. Ils sont venus ici.

— Comment tu le sais ?

— Les empreintes. Regarde, ajouta-t-il en les pointant du doigt.

Les empreintes dessinaient un sentier qui se dirigeait vers l'ouest et qui traversait la rivière de sable.

— À ton avis, combien pèse un coyote ? demanda Megan.

— À peu près comme moi ?

— Tant que ça ? Non. Je dirais plutôt la moitié de ton poids. Les empreintes ne s'enfoncent pas creux.

— Regarde. Il y a des touffes d'herbe qui poussent de l'autre côté, Megan.

— Attends-moi ici et tiens bien ton bout de la corde. Je vais essayer.

Megan se défit du poids des deux couvertures roulées. Elle posa un pied sur le sable lisse et fit un pas en avant. Ses souliers s'enfoncèrent et elle paniqua. Pourtant, les coyotes avaient réussi, eux. « Leurs foulées sont longues, remarqua-t-elle. Et j'imagine qu'ils ne sont pas restés plantés là à se demander quoi faire. » Sur ces bonnes pensées, elle força ses jambes à la mener le plus légèrement et le plus rapidement possible jusqu'où poussaient les touffes d'herbe.

— Jusqu'ici, ça va. Viens me rejoindre, mais fais vite. Prends les couvertures avec toi.

— Pas de problème, lui lança Ian.

De fait, il traversa sans embûche. Megan examina la prochaine étape.

— O.K., Ian. J'y vais.

La peur logée au creux de l'estomac, elle s'élança, sentant le sol s'écarter sous ses pas. Soudain, elle trébucha, son cœur s'emballa de frayeur et elle tomba sur des petits cailloux. Elle s'assit en riant et lécha les écorchures de ses paumes.

— Ça va, Ian! Tu peux y aller. Il n'y a aucun danger.

Après cette victoire, ils se remirent en route, trouvèrent sans peine le chemin qui descendait vers le sud et s'y engagèrent. Il faisait maintenant presque trop noir pour y voir. La route bifurqua vers l'ouest et, dans le virage, ils devinèrent une vieille remise où ils ramassèrent des planches et du bois d'allumage. Même s'il n'y avait pas assez d'herbe pour qu'il y ait danger de feu de prairie, Megan insista pour que Ian fasse le feu sur la route.

— On n'est jamais trop prudent! lui dit-elle.

N'était-ce pas une autre phrase de maman?

— Oui, m'dame, lui répondit-il avant de s'éloigner en rechignant.

Le cœur de Megan se serra à l'idée que son petit frère pourrait être mort noyé sous quelques mètres de sable au lieu d'être ici à lui répondre d'un ton insolent.

Depuis l'incident des sables mouvants où

elle avait forcé son bras droit, Megan souffrait terriblement. Aurait-elle des dommages permanents ? Pourtant, ce n'était pas ce mal qui la rongeait, mais plutôt un sentiment d'ébranlement général qui menaçait de la faire éclater en larmes d'une seconde à l'autre. Elle se taisait et s'interdisait de regarder Ian. Chaque fois qu'elle avait levé les yeux vers lui depuis le sauvetage, elle avait aperçu la Mort qui lui souriait derrière le visage rond et les joues roses de son frère.

Elle nourrit le feu en silence. Des étincelles montèrent rejoindre les étoiles dans le ciel. Le feu dessina des ombres sur la terre et le crépuscule enfila sa chemise de nuit.

Megan s'activa à déballer la nourriture que Sadie leur avait préparée. Il y avait un poulet déjà rôti. Même pas besoin d'attendre qu'il cuise. Elle n'avait qu'à couper les cuisses, s'asseoir près des flammes réconfortantes et manger jusqu'à ce que son estomac soit plein et que son tremblement cesse. Il y avait aussi de l'eau fraîche et du pain, qu'ils firent griller. Délicieux.

Quand ils eurent fini de se restaurer, les paupières de Ian s'alourdirent.

— C'est l'heure d'aller au lit, dit-elle.

— Megan, t'es encore fâchée contre moi ?

— Fâchée ? Bien sûr que non. Qu'est-ce qui te fait penser que...

— T'as pas dit un mot de la soirée. Excuse-moi. J'voulais pas tomber dans les sables.

— Oh ! Ian ! s'exclama-t-elle en le serrant dans ses bras. Ça va. J'suis pas fâchée. J'suis juste... fatiguée.

Pourtant, longtemps après que le garçon se fut endormi, Megan resta étendue à fixer les dernières braises rougeoyantes. Les cris des coyotes étaient très près d'eux. Elle mit un morceau de bois sur le feu, porta la main à son cou, mais le cristal de la chance avait disparu à jamais.

9

Un cauchemar. Ian et elle étaient enfoncés dans le sable jusqu'au cou. Seule leur tête bougeait. Au-delà de leur prison de sable, une chose les observait. Megan ouvrit la bouche pour appeler au secours. « À l'aide ! À l'aide ! » brailla une voix moqueuse dans l'obscurité. Ces cris se changèrent soudain en aboiements de chien de garde. Elle déploya des efforts surhumains pour se libérer.

Elle se réveilla en sursaut et s'assit bien droite. La couverture lui tomba des épaules. Entre elle et le feu, une ombre s'évanouit dans les ténèbres. Elle cligna des yeux. Avait-elle réellement vu quelque chose ? Ou était-ce une vision onirique ?

À l'aide d'une planche, elle tisonna le feu. Le bout de bois sec s'enflamma et elle l'employa comme torche. Dans la nuit noire, des yeux rouges brillèrent et disparurent.

Combien y en avait-il de paires ? Deux ? Trois ? Quatre ?

Un bruit, là, derrière ! Elle sauta sur ses pieds, pivota et vit une ombre se fondre dans la noirceur. Son cœur battait la chamade. Elle prit ce qui restait de bois et le laissa tomber sur les charbons ardents. L'espace d'un instant, la lumière rougeoyante des braises disparut. « Quelle idiote ! Maintenant, le feu est éteint et on est seuls dans le noir avec ces bêtes. »

Toutefois, les ténèbres ne régnèrent que quelques instants. Les flammes crépitèrent et s'élevèrent, en formant un halo de lumière autour du feu. Tant qu'ils demeureraient dans cette zone lumineuse, ils seraient en sécurité. Mais où était donc passée la lune ? N'était-elle pas encore apparue ? Était-elle déjà couchée ? Combien de temps Megan avait-elle dormi ?

Elle regarda Ian, recroquevillé sous sa couverture, la lumière du feu illuminant ses cheveux blond roux. « Je tuerais pour lui, pensa-t-elle. Je donnerais ma vie pour lui. Et pas seulement à cause de la promesse que j'ai faite à maman. »

***

Le bois sec se consumait rapidement et il n'y en avait plus en réserve. « Pas question de laisser Ian dormir pendant que je vais en chercher d'autre. »

— Réveille-toi, dit-elle en le secouant doucement. Réveille-toi, Ian !

— Qu...quoi ? C'est déjà le matin ?

Il s'assit, les cheveux en bataille, bâilla bruyamment et cligna des yeux comme une chouette. Megan lui expliqua ce qui se passait.

— Reste près du feu et garde les yeux ouverts, termina-t-elle. Si ces maudits coyotes s'approchent, prends un tison et brûle-leur la gueule.

— Et toi, Megan ? Il fait noir, là-bas.

— J'me suis fabriqué une torche. Et t'en fais pas pour moi. C'est à côté.

Sur ces paroles qui se voulaient rassurantes, elle souffla sur le morceau de bois, ranima la flamme et s'enfonça dans l'obscurité.

Elle franchit la clôture barbelée et courut jusqu'à la vieille remise, s'imaginant entendre les mâchoires des coyotes claquer derrière ses talons. Avec sa main libre, elle ramassa des bouts de planches et les empila sur le bras qui tenait le flambeau.

Fais attention aux clous rouillés.

« Excuse-moi, maman, mais je n'ai pas le temps de m'en soucier. De toute façon, j'ai bien plus de chances de me faire bouffer par des coyotes affamés que de tomber malade à cause d'une égratignure de clou rouillé. »

Lorsqu'elle eut ramassé tout le combustible qu'elle pouvait ramener, elle changea sa torche de main et l'agita pour raviver la flamme et pour décourager les éventuels agresseurs. Elle marcha ensuite lentement jusqu'à la clôture.

— Ian, es-tu là?

— Oui, dit-il en apparaissant devant elle. Passe-moi la brassée.

— Fais attention aux clous rouillés, lui dit-elle avec la voix de maman.

— Oui, m'dame.

Elle ne répliqua pas. Ils étaient dans le même bateau et ses petits sarcasmes ne l'atteignaient plus.

Pendant qu'elle franchissait la clôture, Ian ranima le feu. Les ombres avaient disparu et les yeux rouges ne brillaient plus à la lumière des flammes. Un long hurlement leur parvint de plus loin vers l'ouest. Puis un deuxième. Et un troisième. Ce long cri renfermait toute la tristesse, la famine et la terrible solitude de ce coin de pays perdu.

Megan frissonna et remit du bois sur le feu. Les flammes s'élevèrent dans le ciel et les étincelles prirent, un instant, la place des étoiles. Frère et sœur s'assirent côte à côte, leur couverture sur leurs épaules.

— Penses-tu qu'ils vont revenir? lui demanda Ian en bâillant à s'en décrocher la mâchoire.

— J'crois pas. Écoute. Ils sont très loin, maintenant. Ils cherchent autre chose à se mettre sous la dent.

Le feu mourut tranquillement et les contours du paysage se profilèrent dans l'aurore naissante. À l'est, la ligne claire de l'horizon contrastait avec le noir de la plaine.

— Qu'est-ce que c'est ? demanda Ian en pointant le doigt vers le sud.

D'une certaine façon, ces lumières ressemblaient aux yeux des coyotes. Une paire apparaissait. Puis une autre. Et une troisième. Brillantes. Évanescentes. « Ils ne s'agit pas d'animaux, se dit Megan, perplexe. Leurs yeux ne brillent que quand ils réfléchissent une source lumineuse. »

— J'crois que ce sont les phares des voitures sur l'autoroute de l'ouest.

— Regarde, Megan. Quatre... cinq... six...

— Il y en a beaucoup.

— Où vont-elles, d'après toi ?

— Dans les montagnes. Ou jusqu'à la côte. Regarde, il en vient un autre groupe.

— Raconte-moi encore comment sont les voitures, Megan.

Elle réfléchit en se tapotant le nez.

— Elles ressemblent à des boîtes de métal

sur roues et sont à peu près de la grosseur d'une grande table de cuisine. À l'intérieur, il y a deux rangées de banquettes. Comme deux canapés l'un derrière l'autre.

— Ça, je sais. J'ai vu des photos dans le *Livre du Monde*. Ce que j'veux savoir, c'est comment elles sont vraiment à l'intérieur quand elles roulent.

— J'me souviens pas être montée dans une voiture. Par contre, dans l'autobus jaune, on crevait de chaleur et l'air sentait l'huile, le métal chaud et l'essence. C'était très bruyant. Sur les routes défoncées, l'autobus bondissait et on se cognait les uns contre les autres. On chantait. C'était l'*fun*.

— Penses-tu que les gens chantent dans les voitures ?

— C'est possible.

— Pourquoi les voitures roulent par petits groupes de quatre ou cinq ?

Megan réfléchit.

— Les gens voyagent la nuit parce qu'il fait plus frais. Et en groupe parce que... parce qu'ils ont peur.

— Peur de quoi ?

— De tout. De l'obscurité. De la plaine et de son immensité vide. De nous.

— De nous ? répéta Ian en riant.

— Pourquoi pas ?

Les derniers phares lumineux passèrent, s'estompèrent et disparurent tout à fait. Du feu, il ne restait que des cendres grises et des tisons noirs. Dans le lointain, les hurlements des coyotes n'étaient plus que de vagues plaintes. Les automobilistes entendaient-ils les bêtes hurler à travers le vrombissement des moteurs ? Et si oui, comment réagissaient-ils ? Remontaient-ils les vitres en vitesse et poursuivaient-ils leur route les mains serrées sur le volant ?

— Allez. On dort encore un peu. De toute façon, il fait encore trop noir pour se mettre en route.

Ils se pelotonnèrent sous leur couverture.

— Megan ?

— Hum ?

— Ils ont vraiment peur de la plaine ? De nous ?

— J'pense bien.

— Alors, on est plus intelligents qu'eux, non ? On sait comment y vivre.

— Tu l'as dit. Maintenant, il faut dormir !

***

Ils se réveillèrent avec le lever du soleil. La douce fraîcheur du petit matin leur rappela que la terre dévastée était maintenant derrière eux.

Ils déjeunèrent de pain d'orge, de fromage de chèvre et des restes du poulet. D'un pas alerte, ils partirent ensuite sur la route de l'ouest. Au bout de quelques heures de marche, une ligne de végétation apparut devant eux. Megan consulta la carte.

— C'est la rivière du Nid-de-Corneille. Ian, on est presque arrivés !

La route bifurqua et rencontra le large cours d'eau. Ils la suivirent en marchant sur le bord de la falaise au bas de laquelle la rivière coulait dans son lit de roc.

En fait, la Nid-de-Corneille était formée de ruisseaux entrelacés, divisés par des bancs de gravier et des îlots couverts d'arbres. Quel soulagement de laisser la terre désolée derrière ! Dans la vallée, le vert des merisiers de Virginie et des amélanchiers de Saskatoon ainsi que celui plus argenté des chalefs dominaient, tandis qu'au niveau de la route, les graminées luttaient encore pour donner de la couleur au paysage.

Megan marchait, oubliant et la douleur dans son bras droit et les graviers qui perçaient les semelles de ses chaussures. Ils allaient dans la bonne direction et c'est tout ce qui importait. Avant la fin du jour, ils auraient atteint les chutes. Là-bas, elle trouverait oncle Greg et sa promesse à maman serait honorée. Ian serait en sécurité.

Pour l'instant, le jeune garçon cheminait à ses côtés, l'air presque joyeux.

— J'suis sûr que c'est l'autoroute, là-bas. Tu la vois, Megan ? J'espère que je vais voir une voiture. Penses-tu qu'on va voir une voiture, Megan ?

Lorsqu'ils atteignirent la croisée des chemins, le soleil était déjà très haut dans le ciel du sud-est. Une pancarte bosselée, criblée de trous de chevrotines et couverte de rouille annonçait :

Vers l'autoroute 3

— On va traverser l'autoroute ? Et si une voiture arrive ? Et si...

— On n'en rencontrera pas. J'en suis sûre. Mais soyons quand même prudents.

Un pont de métal enjambait la rivière. Ils s'appuyèrent sur son garde-fou et regardèrent l'eau couler en bas. Il n'y en avait pas beaucoup.

— On descend remplir les bidons ? demanda Ian.

Megan secoua négativement la tête.

— Le chemin là-bas doit mener à une maison. Je préfère ne pas me risquer. On fait mieux de s'en tenir à la carte de Mitch. De toute façon, on a assez d'eau pour tenir la journée. Viens.

Ils dépassèrent le pont et marchèrent jusqu'à l'autoroute. Large, asphaltée, craquée par le dégel et parsemée de nids-de-poule, elle était envahie par les mauvaises herbes. Aucune voiture n'était en vue. Ils traversèrent en courant et en criant la chaussée brûlante.

Le chemin qu'ils empruntèrent ensuite serpentait dans un paysage rocheux et vallonné. Sur les petites collines, tout autour, des pins rabougris et des trembles au tronc mince se dressaient fièrement. Désormais, leur vue était limitée. Ils ne pouvaient plus prévoir ce qui allait surgir derrière la prochaine butte ou le prochain rocher.

Lorsqu'ils arrivèrent à la vieille autoroute, le soleil était au zénith. Sur le pavé, la chaleur était insupportable, alors ils entrèrent dans les taillis et trouvèrent un endroit ombragé entre deux rochers. La terre était douce et avait l'odeur sucrée des aiguilles de pin. Sur ce lit parfumé, il firent la sieste tout l'après-midi.

Quand Ian se réveilla, Megan consultait la carte.

— Où on est?

— Ici. Il faut suivre cette vieille route, l'autoroute 3A, sur trois kilomètres. Mitch a dit qu'elle était fermée à la circulation. Et juste là, au bout, ce sont les chutes. Pareilles à celles sur la photo du calendrier à la maison. Tu te souviens, Ian ? C'est là qu'on va trouver oncle Greg.

Il ne dit rien. Elle plia la carte et sauta sur ses pieds.

— On repart, dit-elle en glissant la corde des couvertures roulées sur son épaule. Allez, lambin. Qu'est-ce qui te retient ?

— Rien.

Ian la suivit lentement à travers les arbres.

— Et si oncle Greg n'est pas là, on fait quoi ? On retourne chez Mitch et Sadie ?

— Il sera là, dit fermement Megan.

« Il faut qu'il soit là », pensa-t-elle.

Ils se retrouvèrent bientôt sur la vieille autoroute. Son revêtement était encore mou comme du caramel et chaud comme des tisons. C'était impossible d'y poser les pieds. Ils essayèrent de marcher sur l'accotement, mais les cailloux, les trous et les aspérités rendaient la progression difficile. Écœuré, Ian s'engagea sur la pente de gauche.

— Viens voir ce que j'ai trouvé ! cria-t-il au bout d'un moment.

Megan le rejoignit et le trouva en équilibre sur un rail d'acier.

— La voie ferrée, murmura-t-elle. Descends de là tout de suite, Ian Dougal ! Tu vas glisser, te fouler une cheville et on sera bien avancés. Marche plutôt sur les traverses de bois.

Celles-ci avaient le parfum magique des pins. Cette nouvelle route était un don du ciel. Une colline jetait son ombre rafraîchissante sur la voie ferrée et, comme dans un rêve, les rails droits et brillants les guidaient vers les chutes.

À l'insu de sa sœur, Ian remonta sur une barre d'acier et fit quelques pas.

— Megan ! cria-t-il, effrayé. La terre tremble !

— Mais non, idiot. Tu rêves...

Elle se pencha et posa sa main sur le métal. Une vibration courut le long de son bras.

— Ian, un train ! Ôte-toi de là, vite !

Elle le prit par la main et l'entraîna dans les herbes en bordure de la voie.

Le tremblement se changea en grondement tonitruant. Des cailloux roulèrent le long de la pente et l'air s'emplit de poussière. Quelques secondes plus tard, le monstre hurlant passa en trombe devant eux, traînant ses petits, qui se balançaient et claquaient les rails dans un fracas du diable. Megan entoura les épaules de Ian et y enfouit sa tête.

En quelques minutes, la bête disparut, la poussière retomba et le silence reprit ses droits sur la chaleur de l'après-midi. Dans un pin, un écureuil poussa de petits cris.

— J'veux plus marcher sur la voie ferrée, Megan.

— O.K., pas de problème.

Ils rejoignirent la route brûlante et se remirent en marche. Parfois, ils profitaient de l'ombre apaisante des arbres, mais la plupart du temps, le soleil leur tapait sans merci sur la tête et les épaules.

— C'est encore loin ? demanda Ian.

— Regarde là-haut.

— J'vois rien.

— Un pont. C'est là que la carte de Mitch se termine. Les chutes !

Elle laissa tomber les couvertures et se lança dans une course folle, qui s'acheva devant une clôture de chaînes rouillées. Essoufflée, elle s'y agrippa.

Ils retrouvaient la Nid-de-Corneille qu'ils avaient quittée plus tôt dans la matinée. Elle coulait doucement jusqu'à un ravin d'une vingtaine de mètres qui s'ouvrait vertigineusement devant Megan. L'eau chutait en fils argentés et couvrait le fond du précipice d'une écume brillante. D'en bas, une brume d'eau s'élevait et faisait miroiter des arcs-en-ciel dans le soleil.

— Ça ressemble pas du tout au calendrier de la maison, dit Ian après l'avoir rejointe. C'est un petit filet de rien. On a fait tout ce chemin-là pour se retrouver devant ça ?

— Regarde ces plantes qui poussent au milieu des rochers. Regarde si elles sont vertes. Et regarde. Le jet d'eau dessine des petits arcs-en-ciel.

— Mais c'est pas...

— Pensais-tu réellement que les chutes ressembleraient à la photo ? lui cria-t-elle. Le calendrier date d'il y a treize ans et la photo était plus vieille encore.

— Te fâche pas contre moi, Megan Dougal. C'est pas de ma faute. Et pourquoi tu pleures ? Essaie pas de m'avoir. Tu croyais que les chutes seraient comme sur la photo, hein ?

— L'été a été sec. Vous devriez les voir, au printemps, à la fonte des neiges.

Ils sursautèrent. Megan ravala un cri. Ils s'étaient disputés si fort qu'ils n'avaient pas entendu les pas de l'étranger sur le sol caillouteux.

Megan leva les mains en signe de paix. Son regard balaya rapidement les alentours. Le jeune homme était seul. Sans chien. Sans arme. Une fois cette constatation faite, elle s'attarda au visage du survenant. Ses mains retombèrent et elle sourit.

Il devait avoir seize ans. Il portait un chapeau et ses cheveux bruns descendaient en belles vagues sur ses épaules. Ses yeux noisette étaient expressifs. Il lui rendit son sourire et elle vit ses belles dents blanches. Il sentait bon et ses vêtements amples avaient l'air fraîchement lavés.

Soudain, Megan réalisa qu'elle se tenait très près de lui et qu'elle le détaillait avec insistance. Elle rougit, mais son malaise tenait surtout au fait qu'elle sentait mauvais, que ses vêtements étaient souillés par le voyage et qu'elle ne s'était pas brossé les dents et les cheveux depuis qu'ils avaient quitté la ferme de Sadie et de Mitch.

Elle recula et heurta la clôture. Le jeune homme l'agrippa par le bras et la tira vers lui.

— Je ne m'appuierais pas sur la clôture si j'étais toi. Elle est vieille et, autour, le sol s'effrite. Ce serait dommage que tu finisses dans le fond de la rivière. Alors, qui êtes-vous? D'où venez-vous? Et où allez-vous?

— Je m'appelle Megan Dougal et lui, c'est mon frère Ian. On avait une ferme de volailles près de Fort Macleod, mais quand notre mère est morte, on...

Megan s'arrêta, le souffle coupé par la possibilité de se faire rejeter. Et si oncle Greg n'était plus là ? Et si ce jeune homme, sa famille et ses amis ne voulaient rien savoir d'un couple d'enfants sales ? Et si...

— J'imagine que vous allez vers l'ouest. Comme tous les autres. Pour ça, vous devez retraverser le pont et suivre la vieille route.

Il la fit pivoter doucement et lui indiqua le chemin du doigt.

— L'autoroute 3A rejoint la route du Nid-de-Corneille. De là, vous devriez trouver quelqu'un pour vous prendre en stop.

— Mais on veut pas... commença Megan.

— On pensait rester ici, balbutia Ian au même moment.

Le sourire amical disparut.

— Ici ? Excusez-moi, mais...

— Oncle Greg. Avant, il habitait ici. Enfin, j'crois.

Megan regarda les chutes, le pont, la clôture, la route. Où étaient les maisons ?

— Dougal, c'est ça ? Il n'y a personne de ce nom, ici.

— Non, pas Dougal. Oncle Greg est le frère

de ma mère.

Megan fouilla dans ses souvenirs. Stupide ! Pourquoi avait-elle oublié le nom de jeune fille de maman ? Il était pourtant écrit sur la vieille Bible, sur les pages blanches, entre l'index et la Genèse. Elle se revit en train de chercher la date de naissance de maman quand ils les avaient enterrés, elle et le bébé. Le 21 mars 1973, Rosemary... Rosemary...

— McKinnon ! Rosemary McKinnon. C'était son nom.

La froideur qui avait envahi le visage du jeune homme se transforma en respect. Les genoux de Megan tremblèrent.

— Il est encore en vie ? Il est ici ?

— Tout à fait, dit le garçon en souriant. Suivez-moi. Je vais vous conduire chez lui.

— Oh ! Les couvertures ! J'ai laissé tomber mon ballot quelque part, dit Megan en jetant un coup d'œil autour.

— Pas juste ton ballot, ton bidon aussi, dit Ian en les lui remettant avec un air de reproche.

— Donne-les-moi, dit le jeune homme. T'as l'air crevée. Et toi, petit ? Laisse-moi t'aider à transporter tes bagages.

Ian rougit en s'entendant appeler « petit ».

— Ça va aller. J'peux le faire tout seul.

Il chargea son paquet sur son épaule et défia le grand garçon du regard. Megan lui sourit et hocha la tête. « Je leur raconterai comment il a été formidable et comment il m'a sauvé la vie. »

Pour le moment, elle devait presque courir pour suivre le garçon qui les conduisait vers un bouquet de trembles. Elle remarqua que le sol était sablonneux, mais qu'il était beaucoup plus texturé et riche que celui sur lequel ils avaient marché durant leur périple. À certains endroits, des pierres schisteuses perçaient la terre. À d'autres, des buissons, des arbres et des fleurs poussaient dans des parcelles de terre meuble.

Il n'y avait pas de sentier et ils devaient zigzaguer entre les arbustes. Toutefois, quelques instants plus tard, ils aboutirent dans une clairière de laquelle partait une piste où ils s'engagèrent.

À gauche se trouvait une colline couverte de trembles et d'arbres à feuilles persistantes. À droite, sans savoir qu'elle tomberait au fond d'un ravin, la rivière serpentait paisiblement.

Megan se retourna et vit que le bouquet de trembles leur dissimulait complètement la route et la voie ferrée.

— Avant, le sentier reliait la communauté

à la route. On a laissé la végétation repousser pour décourager les étrangers.

Elle resta figée. «Comme nous», se dit-elle. Le sourire du jeune homme effaça l'inquiétude que sa remarque avait semée.

— Si vous avez voyagé autant que vous le dites, vous savez de quels étrangers je parle. Même si leur nombre a diminué depuis quelques années, il y a encore de mauvaises gens dans la région. Faut faire attention. On a un monde précieux à préserver, ici. Vous allez voir.

Le sentier grimpait. Megan aperçut une maison de bois rond à travers les arbres. Et une autre. Et encore une autre. Ici et là, de petites pistes montaient dans la colline. Sous le couvert d'un boisé, un oiseau fit entendre son chant aigu. Il faisait presque frais.

Soudain, ils bifurquèrent vers la droite et, devant eux, apparut un plateau verdoyant avec, en toile de fond, les pentes abruptes des Rocheuses. C'était tout simplement grandiose! La terre était cultivée et entourée d'aqueducs de pierre. L'agriculture était organisée et détaillée dans ses moindres composantes. Megan était émerveillée. Elle ne trouvait pas les mots pour poser toutes les questions qui lui bombardaient l'esprit.

Au-dessus de leur tête, une alouette chantait passionnément. Un vent frais soufflait doucement des montagnes et l'air était pétillant. Son allégresse lui fit mal. «Si seulement maman était ici», pensa-t-elle.

— La maison de maître Gregory est de l'autre côté de cette petite colline.

Le garçon se tourna vers Megan, l'agrippa par le bras et, ensemble, ils coururent jusqu'au sommet de la butte. De là, ils virent le toit d'une maison de bois rond qui faisait face aux montagnes. Le jeune homme l'abandonna et dévala la pente en criant :

— Maître Gregory ! Vous ne devinerez jamais qui est là !

Megan et Ian le suivirent, contournèrent le bâtiment et s'arrêtèrent devant la véranda. Un homme de stature imposante sortit de la maison. Il portait la barbe et ses cheveux drus avaient la même texture que ceux de Megan. Quand il s'approcha d'eux, elle vit qu'il avait les yeux de maman.

L'homme poussa un grand cri de joie et leur ouvrit les bras. Ian laissa tomber ses affaires et courut s'y jeter. Soudainement intimidée, Megan attendit que son oncle vienne la chercher de lui-même.

— La fille de Rosemary ! Je t'aurais reconnue n'importe où, même si Gédéon n'avait pas vendu la mèche.

Megan regarda le garçon. « Gédéon », se répéta-t-elle en silence. Elle appuya son corps fatigué contre celui, fort et robuste, d'oncle Greg. Elle sourit à Ian, blotti au creux de son bras. Ils avaient réussi !

10

Des plantes vertes et des branches remplies de baies colorées étaient suspendues aux poutres de la grande maison de bois rond. Les tables du centre communautaire étaient couvertes de plats de poulets rôtis, de pommes de terre, de carottes, de navets, de tartes et de divers desserts. Tout le monde avait revêtu ses plus beaux atours.

En regardant les visages heureux des gens de la communauté de Gaïa, Megan se souvint de la première fois qu'elle les avait vus. La rencontre avait eu lieu dans cette même salle, le lendemain de leur arrivée. La nuit précédant la réunion, elle avait cru que les résidants de Gaïa les accueilleraient aussi chaleureusement que Gédéon et oncle Greg, mais elle avait eu tort.

***

— Nous sommes une communauté, Gregory, et cette décision devrais être prise par la communauté, avait dit Tim Freuchen, un homme au visage étroit.

— Personne n'a jamais demandé à sa parenté de venir le rejoindre ensuite pour se la couler douce, une fois tout le dur travail accompli ! avait lancé une grosse femme aux cheveux roux nommée Joanne Turpin.

— Ce que tu dis là n'est pas juste, Joanne. Greg ne leur a rien demandé. Ils sont venus d'eux-mêmes. Sommes-nous si méchants et si centrés sur nous-mêmes que nous ne puissions même pas accepter deux orphelins dans notre communauté ? Si oui, nous ne sommes pas mieux que les survivalistes.

— Tu te laisses attendrir, John. Écoutez-moi, vous tous. Depuis onze ans, nous avons travaillé comme des enragés à adoucir le sol et à guérir les maux de la terre. Maintenant, elle nous repaie en nous donnant de généreuses récoltes qui nous permettent de vivre, mais cela uniquement parce que nous avons su respecter certaines limites. Nous n'envahissons pas la terre, nous ne polluons pas l'eau et nous n'épuisons pas les ressources du sol.

— Nous savons tout ça. Qu'est-ce que ça a à voir avec...

— Si nous laissons entrer des étrangers, nous allons perdre ce que nous avons durement acquis. Nous avons voté à ce sujet-là quand nous avons fermé la route, vous ne vous en souvenez pas ?

— Crois-tu vraiment que Gaïa n'a pas les reins assez solides pour soutenir deux enfants de plus, Tom ?

Oncle Greg avait souri. Pourtant, comme ses yeux le laissaient transparaître, sa remarque n'avait rien de léger. La mort dans l'âme, Megan s'était demandé ce qu'ils feraient s'ils ne les autorisaient pas à rester.

Une vague de découragement l'avait soudainement submergée et elle avait dû retenir ses larmes. Puis l'obstination qui l'avait guidée à travers toutes ses épreuves, depuis la mort de maman jusqu'à l'épisode des sables mouvants, la sortit de son épuisement.

Rouge de gêne, mais déterminée à défendre sa cause, elle s'était levée devant la salle bondée d'inconnus.

— On s'est rendus jusqu'ici parce qu'oncle Greg est notre seule famille. Avant que notre mère ne meure, elle nous a parlé de lui et de la communauté qu'il avait constituée. On est venus de nous-mêmes, sans que personne nous l'ait demandé. Durant notre voyage, on a rencontré des survivalistes. On a été blessés, on a même failli mourir, mais on a continué. Des fois, on avait juste des gaufres gris et des mauvaises herbes à se mettre sous la dent, mais on a survécu. Je pense que vous pouvez voir de quelle étoffe on est tissés. Je sais qu'on est jeunes, mais si vous nous gardez, on va travailler pour notre pitance. En ce qui concerne vos croyances, Ian et moi vous comprenons tout à fait. On a rencontré un Indien Peigan qui s'appelle Mike Faucon des Prairies. Lui et ses amis vivent dans le vieux musée du précipice à bisons Head-Smashed-In. Mike est un peu cinglé, mais pas fou du tout, si vous voyez ce que je veux dire. Il m'a raconté que le précipice à bisons existait avant même que les pyramides d'Égypte soient construites. Il m'a aussi raconté la vie de ses ancêtres et leur respect pour la terre. Et comment les hommes blancs sont arrivés de l'est et les ont endormis avec le ronron de leurs belles paroles. Et comment ils se sont emparés de la terre pour la diviser en carrés. Et comment ils ont drainé les marécages et les rivières. Et comment ils ont siphonné le sol jusqu'à ce qu'il ne produise plus rien. Après, on a rencontré Mitch et Sadie. Des gens extraordinaires. Eux nous ont raconté comment, il y a quelques milliers d'années, des gens ont transformé la terre la plus fertile du monde en désert, seulement parce qu'ils se sont laissé guider par l'appât du gain. Comme ici, dans l'ouest canadien, jusqu'à tout récemment. C'est grâce à ces gens-là qu'on sait ce que Gaïa signifie. Maintenant, si vous décidez que vous ne voulez pas de nous, mon frère et moi vous remercions beaucoup pour votre hospitalité et nous allons reprendre notre route.

Et, deux ans plus tard, ils étaient tous là, réunis dans ce bâtiment de rondins, dans la communauté de Gaïa, pour la fête de l'Action de grâces, en ce lundi 14 octobre 2013.

— Pourquoi tu souris ? lui demanda Ian en se penchant par-dessus la table.

— Je repensais à la première fois qu'on est venus dans cette salle...

— Mémorable ! Tu le leur avais pas envoyé dire ! Je pensais que t'étais en train de devenir folle. Je paniquais en pensant qu'ils pourraient te prendre au mot. J'me demande où on serait, aujourd'hui ?

Megan pouffa.

— J'pense que ce qui les a décidés, c'est quand je leur ai dit qu'on traverserait les Rocheuses jusqu'à la Terre des Pêches pour trouver le fils de Mitch et de Sadie.

— T'avais pas la langue dans ta poche, cette fois-là !

Ian avait grandi en beauté et en force et s'était fait plein d'amis. Elle le regarda et retint ses larmes. Elle ferma les yeux et se remémora la tombe solitaire dans le canal d'irrigation, les Indiens Peigans, les survivalistes et Sadie et Mitch. Deux ans plus tard, les deux vieux cultivaient toujours leur lopin de terre, mais maintenant, de temps à autre, un résidant de Gaïa se rendait à la ferme pour voir s'ils n'avaient besoin de rien. L'heureux élu revenait toujours avec du pain confectionné par les mains expertes de Sadie.

« Oh ! maman ! pensa Megan. Tu serais fière de Ian si tu le voyais. J'ai bien respecté ma promesse, hein ?»

Elle cligna des yeux et posa sa main sur la pierre de jade douce et lustrée qui pendait à son cou. Gédéon l'avait trouvée et la lui avait offerte pour son anniversaire. La goutte de cristal avait été la promesse de l'eau et d'une vie meilleure. Maintenant qu'elle les avait trouvées, la pierre verte représentait une nouvelle promesse.

Un verre de vin de merise à la main, oncle Greg se leva et cogna sur la table pour faire taire l'assemblée.

— Mes amis. Compagnons de Gaïa. En 1578, dans la toundra de l'Arctique, Martin Frobisher et ses amis explorateurs célébraient la première Action de grâces nord-américaine. Depuis ce temps, les gens se sont réunis à différentes époques et dans différents lieux pour remercier le Seigneur Tout-Puissant de l'abondante moisson dont Il a béni le Canada. Pourtant, depuis plusieurs années, l'Action de grâces est devenue une fête amère pour beaucoup de fermiers. Pendant des décennies, nous avons oublié le sens du mot respect. Nous avons pillé la terre jusqu'à ce qu'elle ne puisse plus nous donner la vie. Mais, Dieu merci, nous avons eu une seconde chance. Il n'y a pas grand-chose que nous, gens de Gaïa, puissions faire pour la couche d'ozone et l'effet de serre que nous n'ayons déjà fait ou que nous n'ayons déjà été forcés de faire, vu les circonstances. Nous n'élevons pas de bétail et n'utilisons pas d'engrais chimiques. En misant sur les énergies éolienne et solaire, nous brûlons le moins de bois possible. Bref, nous faisons ce que nous pouvons. Gaïa signifie la force vive de la Terre et cette force restaurera la planète si nous lui en donnons la chance. Donc, pour notre treizième Action de grâces ensemble, je lui porte un toast. Terre, Dieu te bénisse.

Tous se levèrent et portèrent le toast en chœur. Ensuite, ils se rassirent et entamèrent le banquet. De partout fusèrent des rires et des voix joyeuses.

— J'ai quelque chose à te dire, Megan.

Gédéon avait parlé si doucement qu'elle avait dû s'incliner vers lui pour l'entendre.

— J'ai été admis au Collège du Désert de

l'Ouest. Avec Mike Freuchen.

— À Kamloops ? Oh ! Gédéon ! Tu pars quand ?

— Demain...

— Qu'est-ce que tu vas apprendre de plus, là-bas ? Oncle Greg t'a tout enseigné et il est l'expert à Gaïa.

— Il dit qu'il a quinze ans de retard. C'est sûr qu'on sait comment installer des conduits de pierre autour des collines pour transporter l'eau de pluie jusqu'à nos terres, qu'on utilise le procédé d'irrigation par percolation et qu'on connaît plusieurs moyens de garder le sol humide. Mais maître Gregory dit que ce collège-là peut m'apprendre bien plus. Il existe de nouvelles espèces hybrides d'arbres et de couvertures de sol adaptées aux récentes conditions climatiques. Et même de nouvelles technologies en énergie solaire.

— Il me semble qu'on se débrouille très bien avec ce qu'on a.

— C'est sûr, mais il faut bouger, s'améliorer et aller enseigner nos méthodes à d'autres groupes. Quand notre génération va se marier et avoir des enfants, la colonie va prendre de l'importance. On doit avoir assez de tout pour les faire vivre eux aussi. Et c'est ce que je veux te demander, Megan. Je vais être parti deux ans. Vas-tu m'attendre ? Et peut-être m'épouser à mon retour ?

Des yeux, Megan fit le tour de la salle, s'attardant sur les visages souriants de ses amis et des membres de sa famille. Le bruit s'amplifia. Tout un moment pour une demande en mariage !

— T'attendre, Gédéon ?

Elle se redressa et pointa fièrement son menton en avant.

— L'année prochaine, je finis l'école. Je vais avoir de si bonnes notes que, moi aussi, ils vont m'envoyer au collège. Toi, vas-tu m'attendre ?

COLLECTION ÉCHOS

Boraks-Nemetz, Lillian,
Slava (*B.C. Book Prize Children's Book
et The Jewish Book Committee's Prize*)

Bouchard, Camille,
L'empire chagrin
Les lucioles, peut-être
Absence (*finaliste prix Logidec 1996*)
Les démons de Babylone (*finaliste prix Logidec 1996*)

Boucher Mativat, Marie-Andrée,
Drôle de Moineau (*prix Monique-Corriveau 1992*)

Bourdon, Odette,
Un été en ville

Chatillon, Pierre,
L'Atlantidien

Duchesne, Suzanne,
L'esprit tourmenté

Eaglenor, Brian,
Le corbillard (*sélection palmarès de la livromanie 1995/1996*)
Grignotements
L'ennemie

Farcy, Claudine,
Pleine crise (*prix Alvine-Bélisle 1992*)

Grenier, Michel,
Prudence, la princesse téméraire

Guillet, Jean-Pierre,
Le paradis perdu
Destinées
L'odyssée du Pénélope

Hughes, Monica,
La goutte de cristal

Lachance, Laurent,
  Ailleurs plutôt que demain

Lavigne, Annie,
  Journal d'une effrontée timide (*sélection palmarès de la livromanie 1994-1995*)

Lebugle, André,
  La chasse aux vampires (*finaliste prix Logidec 1993*)
  J'ai peur, moi?

Letarte, Andrée,
  Couleur caméléon

Mercille-Taillefer, Micheline,
  Charlie Bouton

Page, Marie,
  Le Gratte-mots (*prix Alfred-Desrochers 1993*)
  L'Idole

Proulx, Luc,
  Le fugueur

Sernine, Daniel
  Les Portes mystérieuses
  Ludovic (*finaliste prix du Conseil des Arts du Canada 1983*)
  Le Cercle de Khaleb (*prix Logidec 1992 et prix «12-17» 1992*)
  L'Arc-en-cercle (*prix Logidec 1995, finaliste prix «12-17» 1996 et finaliste prix du Gouverneur général 1996*)

Simard, Danielle,
  Un voyage de rêve
  C'est pas tous les jours Noël (*finaliste prix «12-17» 1995 et sélection palmarès de la livromanie 1995/1996*)

Warnant-Côté, Marie-Andrée,
  Élisabeth tombée au monde

ACHEVÉ   D'IMPRIMER
EN   JANVIER   1997
SUR LES PRESSES DE
PAYETTE & SIMMS INC.
À SAINT-LAMBERT (Québec)